# 情韵开州

俯邑山川秀美兮
热血奔涌
仰邑先贤才德兮
浩气升腾

王永威◎著

天津出版传媒集团
天津人民出版社

**图书在版编目（CIP）数据**

情韵开州 / 王永威著. -- 天津 : 天津人民出版社,

2024.2

ISBN 978-7-201-20208-2

Ⅰ.①情… Ⅱ.①王… Ⅲ.①散文集 - 中国 - 当代

Ⅳ.①I267

中国国家版本馆CIP数据核字（2024）第048321号

## 情韵开州

QINGYUN KAIZHOU

| | | |
|---|---|---|
| 出　　版 | 天津人民出版社 | |
| 出 版 人 | 刘锦泉 | |
| 地　　址 | 天津市和平区西康路35号康岳大厦 | |
| 邮政编码 | 300051 | |
| 邮购电话 | （022）23332469 | |
| 电子信箱 | reader@tjrmcbs.com | |

| | |
|---|---|
| 责任编辑 | 岳　勇 |
| 装帧设计 | 燕　子 |

| | |
|---|---|
| 印　　刷 | 四川科德彩色数码科技有限公司 |
| 经　　销 | 新华书店 |
| 开　　本 | 880毫米×1230毫米　1/32 |
| 印　　张 | 8 |
| 字　　数 | 153千字 |
| 版次印次 | 2024年2月第1版　2024年2月第1次印刷 |
| 定　　价 | 68.00元 |

# 愿盛山之花依然盛开

## 王川平

### 一

十多年前，主政开县的同志邀请我为建设开县博物馆谋划时，的确面临着"过去"与"未来"的两大问题。首先是命名问题。按照当时的行政区划，它是重庆市开县，称开县博物馆天经地义。但未来它仍是开县吗？随着城市化进程，它将晋升为重庆市某区，但会称什么区呢？我相信"过去"。当年唐高祖颁名开州，如不出意外，应该称"开州区"吧。那博物馆就定名"开州博物馆"。至于选址，我相信"未来"，随着三峡蓄水，汉丰湖一定是美丽的！就定在湖畔吧。

此后又过去了七八年，一切如愿。

所以2022年国庆长假中，开州博物馆馆长王永威用手机发来《情韵开州》书稿，要我写序，我即刻答应了。我亦与开州有缘、有情。不是吗？

## 二

永威生于开州，长于开州，对开州感情深厚。在他的散文中，处处流淌着对故乡山水人文的情意。他写盛山、雪宝山、五宝山、南山，写汉丰湖、竹溪、月潭公园、花盐井，写公车上书六举子，写唐代盛山诗，等等等等，字里行间，那一份对家乡的爱意自然流淌其间。作家在这部散文集中不厌其烦地用花、用梦、用诗、用情、用人世间最美好的字眼来赞美自己的家乡，由此可见他用情之深。我最喜欢的是他把家乡比作老酒，比较贴切、有味，粗品细品，愈品愈浓、愈烈。

永威生长在开州一个地图上找不到的点，山村名为刘家梁。在一个有月亮的雪夜，他带着家人回到了那个点，似乎是去团年。他想到儿时堆雪人的情景，闪回到悄悄把小雪球放进小姑娘衣袋的画面……原以为他会顺着这个思绪深入挖掘下去，但笔锋到此却戛然而止，后面的文字又把思绪拽回到现实中了。真心希望作者往深处走走，往细处走走，往走心的地方走走。希望能多读到这样的文字。总之，希望姓王的永威多回刘家梁那个生你的小山村。

## 三

开州是个很了不起的地方。

石器时代有人劳作，铜器时代有国名巴，铁器时代好运连连，机器时代英杰辈出。一千八百年前，后主刘备置县名汉丰。唐武德元年，高祖置开州。汉、唐两代，由汉丰县而开州，丰饶是它的实力，崇文重教则是它实力的核。公车上书的全国举子中，有六名是开县举子。这是一次意外的年检，检测出了开县的这个"核"。由汉丰县到开州，再到开县，再到重庆市开州区，多少文武才杰，不胜枚举。但我的思绪总离不开有唐一代，不是因为它让开州获得名分和实惠，而是关于开州盛山的诗坛佳话和文坛盛事。唐次的《盛山唱和集》、韦处厚的《盛山十二诗》，得到了几乎整个诗坛人物的唱和，特别是政坛诗文领袖权德舆的《唐使君盛山唱和集序》的记录与赞许，几乎搅动了中唐文坛。开州盛山，即是中唐的诗文之山，有《全唐诗》与《全唐文》为证。开州真是个了不起的地方啊！

开州多才子。永威在工作之余，唱唱赞美家乡的情歌，他唱得自然婉转，唱得情深意浓。这也是盛山上开出的一朵小花。愿盛山之花依然盛开。

2022 年国庆休息中

(作者系中国作协会员、重庆作协荣誉副主席)

# 新开州

## ——写在《情韵开州》前面的话

渝之东北，有城曰开。衔巴山之余脉，壤蜀川之界土；屏巍巍之铁峰，濯汤汤之三江。蕴山岳之灵秀，沐河流之润泽。有江曰开，是谓开州。形肖盛字，状类凤凰，双江环峙，故城鉴开。天然构造成大化，神工雕琢蔚可观。巴楚文化交汇，千载文明聚集。自古要冲之地，历来兵家必争。

一方古域，绵延几多沧桑演变。慕古追远，禹贡之荒落，巴封之缴地。建安廿一，蜀主置县汉丰，归益州固陵郡。义宁二年，于县邑置万州，两郡三县附倚。天和四年，分疆划域添新郡，境内四县归周安。武德元年，高祖改曰开州；洪武六年，太祖降州为县，开县之名此始。县置至今，分合沿革，世运升降，纷纷多故。

一方要塞，见证几多战伐纷争。助周伐纣，前歌后舞神威显；巴人拓疆，浦里河畔雄风见。关面匿隐，刘秀蓄锐大汉建；射洪避难，忠烈关索助蜀汉。乡绅拒匪，肝髓流野鲤城山；李顺之乱，新浦守将火海憾；黄陵之争，讨贼将士皆殉难；抗蒙三战，护国佑民侠义胆；鄢蓝犯邑，乡兵两千平贼乱。黄金坪之仗，汉军副将阵中亡；白莲教扰开，七年守备奔三江；祖师观剿匪，兵刃交接皆命丧。杨柳关上，合围拒敌斗志昂……江山倚重，兵家频顾，血沁沃土，于斯激扬。

一方灵地，孕育几多文武英才。道陵寓开，安乐山中写天书，玉印相传世共珍；神僧清公，但闻相询事前知，预言宰相江边生；禅师柳律，韦侯助建长宁寺，传德诵佛教化兴；诗僧传复，精通释典贯经史，尚书与为方外僧；破山海明，金瓶禅院遗袈裟，牡丹一茎知旱丰。谋士扶嘉，谏言献策定三秦。科举文盛，李潼崔冲道先行；隐逸两生，云安携手杜少陵。莅政廉勤，光禄寺少卿汪瀚；读书好古，不求闻达汪安宅；木铎有神，芙蕖山长徐行德。江里武生，郧阳总兵罗中贵；浦里武生，中军副将范应元；东里武生，六品蓝翎周正子；大慈武生，六品顶戴欧阳果。更有青史佳话传，一门两进士，翰林编修陈枝五，永清知县陈昆；同窗两高官，贵州巡抚沈西序，两江总督李宗羲……毓秀钟灵，人杰辈出，尚武崇文，巴渝称雄。

一方厚土，成就几多豪杰英雄。求援楚国，巴蔓自刎护疆土，上卿之礼忠烈葬；总督两江，光禄大夫李宗羲，供位清廷名臣榜；变法图强，公车上书六举子，国难当头见担当；抗日救亡，陆军少将王润波，英勇就义誉国殇；为国尽忠，十四英烈耀华夏，留取丹心后人仰；南征北战，一代军神刘伯承，驰骋疆场威名扬……忠贯日月，碧血丹心，英烈永恒，德泽汉土。

一方形胜，风流几多骚客才俊。御史中丞柳公绰，诗书齐名守礼法；文宗宰相韦处厚，盛山诗景留芳华；张籍和诗韩愈序，诗联大卷耀华夏；中书舍人唐文编，书法奏章廷羽仪；兵部侍郎温简舆，谪开留记宿云亭；尚书左丞宋申锡，约身谨洁留青史；刑部尚书杨汝士，诸客联句惊居易；兴学知孝赵仁仲，峡门石壁《圣德颂》；道教学者杜光庭，颂邑山水《录异记》；状元大学者焦竑，旅开留记大觉寺；诗史并重胡帮盛，编纂邑乘集典志；芙蕖讲习沈本义，著书立说绘别图；无锡监生张小渠，游隐开州骈文稿；苕溪散人客开久，诗草指南著颇丰；盛山书院主讲罗珍，书札瘗稿大觉寺……诗文荟萃，照古烁今，文脉绵亘，千年传承。

一方名城，襟怀几多古迹名胜。杨柳雄关，惟开之塞，金戈铁马虎龙蟠；秦巴古道，石门悬空，风轻雪尽马蹄缓；大佛禅寺，净土祖庭，地赋灵气蕴佛缘。文峰耸秀，上应天星，代有科名攀云端。雪宝仙山，森林屏障，鬼斧神工见奇观；汉丰平湖，怀珍纳秀，人文盛景树典范……底蕴深厚，四海尊崇，诚笃有义，斯土斯民。

嗟夫！俯邑山川秀美兮，热血奔涌；仰邑先贤才德兮，浩气升腾。

癸卯年夏于竹影轩

# 目　录

◌◌ **湖山如歌**

### 寄情如薰

开州
如画

澄澄湖底数青峰

雪宝山巅觅雾松

仗剑拯民千载颂

开州如画煮蕴酿

# 有一个故事——叫开州

一个横亘在大巴山与大三峡结合部的锦绣之梦，不知甜蜜了多少年，在三峡工程轰隆隆的爆破声中醒来。

梦中那个3500余年的姚家坝遗址，是我们先民的家园，是开州文明的起源。

梦中那个2000余年的余家坝遗址，是巴人拓疆的据点，是开州历史的切片。

梦中那个1800余年汉丰置县的场景，是开州独立建制的新纪元，是民物雍熙的历史呈现，是汉土丰盛的深刻诠释。

梦中那个70余年前的12月8日，开州和平解放，是开州迈向社会主义的标志，是开州儿女阔步向前的新起点。

几千年的民族迁徙，风尘仆仆地在大巴山与大三峡结合部聚集，在一个山水相融的美丽之地歇了下来，留下一段段美丽的故事，故事的名字叫开州——一个诞生共和国军神的千年古邑。

开州，"风花雪月地，山光水色城"，开门即见山，出门就涉水。开州，渝东北之形胜，汉唐之风韵，文化葱茏葳蕤。几千年沉淀下来的山水文化、巴人文化、秦巴文化、巴楚文化、巴蜀文化，各呈芬芳，交融生机，熠熠生辉。东河、南河、浦里河之三河流域，农耕文明与渔猎文明交融相继，巴文化与秦文化、楚文化、蜀文化、中原文化，甚至湘黔文化煮酒论道、交流互鉴。

往事越千年，行进其间，哪一块是汉唐的砖，哪一个是宋元的瓷，哪一匹是明清的瓦，哪一片青叶是唐朝宰相韦处厚的诗词在低吟，哪一滴水珠是散文大家唐次祈雨时心酸的泪滴流淌至今？盛字山上那一朵朵白云、一缕缕轻风、一丝丝细雨，是满天的诗词在飞扬，唐文编《盛山唱和集》、韦处厚《盛山十二诗》伴随着大觉寺的梵音，缭绕盘旋。盛字山下那一片片粉墙黛瓦，一弯弯水墨雨巷，涂抹了湖光山色、水村山郭，那一舫一浪一石一矶、一草一木一廊一台，是开州历史的符号、文化的标点、故事的源泉。

风在念经，月在读史，我在讲故事。据不完全统计，自唐至清，开州故城古老的石街上走出过贡生几百人、举人100余人、进士8人，多人荫功袭封。行走过唐代开州山水的散文大家唐次、因《盛山十二诗》而名动长安的韦处厚、和丸教子的书法大家柳公绰、压倒"元白"的杨汝士、光禄寺少卿汪瀚、一门两进士陈塈和陈昆、同窗两高官李宗羲与沈西序，还有公车上书六举子、辛亥革命同盟会二十余会员、抗日战争一千余烈士、红岩十四英烈，更有一代军神刘伯承……千年开州，因人而文，因文而兴。

历史在南河水中淘洗，又在盛字山的风中翻篇。千年激荡的清江水、百里和缓的南河水、蜿蜒厚重的浦里河水浸泡着一段未老的故事，涵养着一丛人文的根。聆听昨天的故事，寻找开州的魂，讲述今天的故事，探寻新开州的梦。

# 醉美开州

　　山是滴翠之山，水是毓秀之水，城是灵动之城，青砖灰瓦到流光溢彩，苍古厚重到清亮秀丽，一切皆在醉美中铺展。

　　这是一个汉代因物产丰盈而得名汉丰的丰硕之地，这是一个唐代因民物雍熙而得名开州的繁盛之地。这是一座因《盛山十二诗》名噪长安的文化名城，这是一座因流放盛唐名人重臣而辉煌的历史古城，这是一座因三峡工程而扬名的滨湖新城。这里的一切都在历史的足迹中镌刻，这里的一切都在时代的呼唤中苏醒，这里的一切都在醉美的画卷中展开……

　　开州之美，美就美在她那巴人清酒般香醇浓烈的千年文化沉淀，让人为之一惊三叹，久久陶醉。回溯故城，盛山堂、芙蕖书院、李家祠堂、沈家公馆、绣衣石榻、少卿坊，以及依稀可见的明城墙、古城楼、古街巷、古民居、古寺庙、老茶馆……无不诉说着小城悠久的历史和璀璨的文化。

　　大邑殷商，巴人拓疆征战余家坝，铜剑铁矛随江达；锦绣大汉，一寸山河一寸金，铜马青瓷映旺兴；动荡建安，富比王侯安如山，尝橘品茗汉丰县；盛世唐朝，盐茶古道秦巴路，寻古犹闻汉唐风。"博学有高名"的少年才俊杜易简；书法章奏为羽仪的散文大家唐次；"四部"尚书、太子太保柳公绰；博涉经史、勤于著述的一代名相韦处厚；铲除权阉的宰相宋申锡。杜甫、韩愈、白居易、张籍……这些历史名人都与这座小城结下了不解之缘，照亮了这座城市历史的天空。唐代进士崔冲、李潼，明代光禄寺少卿汪瀚，清代一门两进士陈塈和陈昆，同窗两高官李宗羲和沈西序，抗日少将王润波，红岩十四英烈，一代军神刘伯承等，则是这块土地孕育的骄子，为这座悠悠千年古城增添了璀璨的光华。

　　开州之美，美就美在她那川渝妹子般风情万种的传统文化，让人为之折服倾倒，沉醉不知归路。不要说她那巧夺天工的外圆内方的双环形开州故城，不要说她那令人垂涎欲滴的各种小吃美食，也不要说她那被叹为天籁之音的满月山歌和劳工号子，单单她那包容宽厚的民俗活动，就精彩纷呈、魅力无穷。被列为重庆市非物质文化遗产保护名录的"上九登高"，让整个开州的人每到正月初九都向自己认为的高处出发，相互追逐、相互竞争、相互祝福。开州人用这种积极进取的方式，祈祷来年风调雨顺、五谷丰登、幸福吉祥、步步高升，尽显开州人开拓、开放的进取精神。而九龙山威灵寺的庙会、温泉古镇的斗亮、水韵厚坝的虫虫蚂蚁梭、汉丰街道的龙舟赛、故城元宵灯会……也各具特色，同样充满着浓浓的乡野气息，让你如痴如醉。

开州之美，美就美在她那波澜壮阔犹如史诗般的革命历程，让人为之激情澎湃，醉酒当歌。自中日甲午战争开始，在这一块土地上，开明开放勇敢的开州人就融入了中国革命的大舞台，"公车上书"六举子、辛亥革命的风起云涌、浴血奋战的"抗日烽火"、争取民主自由的解放战争，无一没有开州人的身影。刘伯承、王润波、王雨青等老一辈革命家，谱写了一页页惊天动地的历史篇章。这片土地，以红色为底色，以悲壮凄美为主旋律，黄葛古道、杨柳关红军战壕遗迹，无不留下了当年深深的红色印记，至今仍感天动地，令人荡气回肠。

开州之美，还美在她那如诗如画般秀丽多姿的山山水水，让人为之神怡心醉，流连忘返。南河、东河、浦里河、澎溪河、桃溪河及其纵横交错的支流，滋养着这块热土，哺育着这方人民。童话般的雪宝山，书墨琴韵的盛字山，大地雕刻般的九龙山梯田；杜光庭笔下的"神仙之府"仙女洞、璀璨汉丰湖……这些都是大自然对开州的慷慨馈赠。正因为这些，清代威远名士罗珍陶醉于这里的山山水水，在游历开州山水沟壑后慨叹道："山可以无栈道，水可以无三峡。"有"百代文宗"之名的唐代杰出的文学家、思想家、哲学家、政治家韩愈也因此发出"欲弃百事往而与之游"的慨叹。

走进开州，就如同走进了一个古色古香的梦，一幅绵亘绵延的画，一个奇幻奇妙的神话。开州之美，会让心间不由自主地张开飞腾的羽翅。

行进汉丰湖拦水坝，坝闸放水犹如数条巨龙吐水。坝址上的风雨廊桥犹如一条巨龙静静地横卧着，连接着汉丰湖南北两岸，夜幕下，廊桥的灯光秀显得更加妩媚动人。月光的清辉洒在廊桥飞檐翘角上，昏黄的夜色下，它像一位博古通今的学者在向我们述说着开州历史的点点滴滴，又似乎在憧憬着新开州的未来。廊桥上人声鼎沸，灯火通明，到处是观光的游客。

走进复建的开州故城，明清古街的气韵随风而来，窄小、悠长、苍古。古时传承下来的府邸、街铺、园景，它们诉说的皆是古开州繁华的经典。一串串高挂的红灯笼，一块块高悬的古牌匾，一句句带着上古巴音的乡语，仿如巴人清酒的香醇，不知不觉便醉在其中。

百里岚烟风演戏，千山雨露水吟诗。而今，开州因三峡工程而重塑三峡最美滨湖小城。只见湖岸杨柳依依，绿意袭人；寻盛桥横跨湖面，犹如一道飞虹；文峰塔临湖挺立，卓尔不群；举子园在这霓虹闪烁中闪亮登场，气宇不凡。行走其间，如穿行在时空隧道，在古今中往来，似幻似真，这是迷人的图景，更是醉人的现实，是历史的再现，更是生活的现实。

悠悠汉丰水，浓浓盛山情。开州，这块古老而又神奇的地方，为了您醉美的欢歌，已经苦苦耕耘上千年。

# 印象开州

　　"纵看南北一人一山，横视东西一江一湖。"这里就是地处三峡小江流域的开州。北依巴山，南近长江，大巴山和长江三峡结合部的独特地理位置，孕育了这里的秀丽风光和浓厚的人文历史。这里有神秘深邃的雪宝山，有灵动轻盈的汉丰湖，有轻雾缭绕的大慈山，有波光潋滟的三江①水，有逶迤起伏的九龙山，有静谧轻柔的桃溪水。这里曾经有巴人拓疆之狂傲，有诗和长安之盛事，有宋蒙战争之绝响，有川盐济楚之壮举，有公车上书之激情，有刘伯承仗剑出川之豪迈，有三峡移民之无私大爱。可谓是"诗情山水越千年，人文生态众人羡"。

---

　　①三江：指开州境内的三条河，东河、南河、浦里河。东河古称清江，南河古称开江，浦里河古称垫江。

## 开州是一部书

神秘山水、拓疆巴人、秦巴古道、大唐诗韵、明清城墙、汉丰八景、盛山十二诗积淀了丰厚的历史文化底蕴。沧桑历史、文化精粹、壮丽遗存、多彩民俗、纯朴市民，交织融合书写成一本厚厚的大书，将这座城市独有的记忆痕迹、人文地理浓缩在这里。

"初映钩如线，终衔镜似钩。远澄秋水色，高倚晓河流。"打开《全唐诗》，唐代宰相、藏书家、诗人韦处厚就是这样描述开州的，也是第一次用诗话的语言将开州推荐给权力中心长安，并取得最大的成功，让元稹、白居易、张籍等十余位大唐诗坛、政坛名宿为之唱和，并联成大卷，韩愈为之作序，发出"欲弃百事往而与之游"的慨叹，一时引得"家有藏焉、洛阳纸贵"。

然而，在"开州"这本厚厚的大书中，这也只不过是冰山一角。翻开"开州"这本大书：你会目睹几万亿年前波澜壮阔的大海壮丽景象；3000余年前人类在这里刀耕火种、繁衍生息的生活场景；2000年前巴人拓疆的辉煌足迹；1800年前刘备置县汉丰的激情场面；1500年前唐次《辨谤略》在唐代政坛的政治轰动，韦处厚《盛山十二诗》引发的诗和长安的文坛盛事；100多年前公车上书的慷慨激昂……

历经3000余年时光的淬炼，如今，开州已光芒璀璨、熠熠生辉。这里的每一寸土地都承载着城市文脉，留存着历史记忆，传承着开明开放、开拓开创、敢为人先的人文精神。光照千秋的刘伯承元帅纪念馆、故居，诗意盎然的盛字山，古色古香的开州故城，大气磅礴的军神广场，怀珍纳秀的开州博物馆，咫尺匠心的举子园，无一不在表达满眼历史、处处文化的开州内涵。

## 开州是一幅画

深浅不一的墨色渲染，浓淡相宜的线条勾勒出万水千山的静谧。开州，静立在大巴山与长江三峡的结合部，像一幅半卷半舒的水墨丹青。

从"稻花香里说丰年，听取蛙声一片"的九龙山梯田，到"喜看稻菽千重浪，遍地金黄待夕阳"的大慈山粮田，再到"千丛因此始，含露紫英肥"的敦好龙珠茶产地，我们仿佛看到了一幅喜气盈庭的丰收图：农民伯伯擦着额头上的汗珠，望着挂满累累果实的枝条会心地笑着。面前是猫着腰拖着根"狗尾巴"似的黄灿灿的稻谷，垂着头红着脸的高粱，戴着红帽咧着嘴的玉米，都笑盈盈地在秋风中冲着农民伯伯招手。还有那青涩的雪梨仿佛涂上了一层薄薄的橄榄色颜料，压得那本很结实的枝干害羞地驼着背；春橙则像一盏盏通红的小灯笼高挂在枝头，橙子周围还点缀着密匝匝的洁白橙花，花果同树的景象格外引人注目；一串串水灵灵的葡萄，就像一颗颗晶莹剔透的珍珠……晃眼到了春天，一阵春风拂过，茶树渐渐地睁开了蒙眬的眼睛，偷偷地挤出新嫩的小芽儿，尖尖的小芽儿全身都是白色的茸毛，显现出嫩芽儿的鲜嫩与可爱。太阳升起，在龙珠寺的上空迸射出万道金光，将茶园中的茶树染上了一层金色，采茶姑娘个个神采飞扬，她们用灵巧的双手敏捷地从茶树上摘下一片片细小的嫩芽。绿树映衬着曼妙的身影，构成一幅美丽动人的图画。

从绵延的大巴山到一字梁山脉再到神秘的雪宝山，仿佛穿行于水墨山水画卷之间，去感悟那原生态天堂般的独特魅力；游离于山水秀美、民风淳朴、史迹悠远的温泉古镇，仿佛在聆听盐工女神的深情告白、清江河水的古韵悠扬；顺水而下，在千年诗意的盛字山头俯瞰开州，恍惚就站在千年前大唐宰相韦处厚的身后，感受他陶醉其间的深情吟咏："雨合飞危砌，天开卷晓窗。齐平联郭柳，带绕抱城江。"而今的开州城早已不是唐时的开州城，高峡平湖，湖城相依的景象，犹如晨曦中的一幅水墨丹青，静谧靓丽。

由东向西，鳞次栉比的高楼，车水马龙的马路，激情飞越的水上运动基地，繁花似锦的商业广场，宾至如归的各类酒店，坐拥40余公里的汉丰湖湖岸线，环抱近50平方公里的开州城市生态核心。碧湖绿肺，质朴美丽；公园步道，蜿蜒华丽；碧水蓝天，无限壮丽，现代都市繁华和古老历史风貌在这里和谐共生。品味三峡工程中最大的人工湖泊——汉丰湖的魅力；领略几代国家领导人深谋远虑、高瞻远瞩的魄力；问道自然与人文相融的魔力。定会让你感知、碰撞本真的生命画卷。"不资冬日秀，为作暑天寒。先植诚非凤，来翔定是鸾。"唐代诗人韦处厚的诗还在耳边回荡，一幅"湖在城中、城在山中、人在山水中"的绿色画卷已然在开州城区徐徐展开，无尽绵长。

## 开州是一首歌

唱响她，你就会聆听到自然旷达的穿山号子，在大巴山南麓的雪宝山上跳动着雄浑、清亮的音符，律动着一波波绿浪翻动的铿锵节奏。色彩缤纷的视觉画面、怦然心动的旅行体验，无不佐证了歌德的旅行思想"人之所以爱旅行，不是为了抵达目的地，而是为了享受旅途中的种种乐趣"。

唱响她，你就会聆听到柔情浓厚的船工号子，在三江流域跳动着的古朴、厚重的音符，仿佛湍急清江水撞击大巴山的岩石那豪迈的节奏，充分展现了勤劳勇敢的开州人不畏艰险战胜困难的信心和乐观主义精神。

唱响她，你就会聆听到浑厚高亢的薅草号子，在三里大地上跳动着的生动活泼的音符，仿佛就是人声与鼓乐交相辉映的节奏，再现了古代巴人鼓舞生产、调节情绪、诙谐幽默的劳作场面。

千百年来，开州就这样犹如一首首激情豪迈的歌，一路前行。而今，依托一人（开国元帅刘伯承）、一山（神秘雪宝山）、一湖（灵动汉丰湖），深学笃用习近平生态文明思想，学好用好"两山论"、走深走实"两化路"，坚持人与自然和谐共生的理念，全力打造雪宝山旅游度假区、汉丰湖旅游度假区、汉丰湖AAAAA级风景区三大品牌，着力构建大巴山和大三峡结合部重要旅游目的地，奋力谱写新时代坚持和发展中国特色社会主义的开州新篇章，唱响时代主旋律。

"山可以无栈道，水可以无三峡"，这是清代威远名士罗珍对开州山水的评价；"道不尽悠悠诗话，取不尽橘米药茶"，这是开州人文风物的真实写照。开州，浑然天成的自然风光、独具魅力的民俗风情、厚重深远的历史文化、新奇多元的旅行体验，无不昭示着"刘帅故里·丰盛开州"的无穷魅力。

# 大美开州

　　开州地处大三峡大巴山结合部，北依巴山，南近长江，得天独厚的地理位置，博厚悠远的历史文化，孕育了她的自然之美、神奇之美、人文之美、和谐之美。1200多年前，唐代杰出的文学家、思想家、哲学家、政治家韩愈，就曾为开州之美发出慨叹："……以入溪谷，上岩石，追逐云月，不足日为事。读而咏歌之，令人欲弃百事往而与之游。"而今，随着"百万移民、撤县设区、脱贫攻坚、建设小康"四大任务史诗般地完成，"一级两大三区"宏伟目标的逐步践行，养在深闺人未识的大美开州，逐渐揭开了她那神秘的面纱。今天，就让我们一起去领略"刘帅故里·开心开州"的独特魅力，一起品味千年开州的神奇诗韵！

　　美丽开州，美在气候宜人，风朗气清。春天，空气清爽，天空晴朗，到处放射着明媚的阳光，到处炫耀着缤纷的色调，到处飞扬着悦耳的鸟叫虫鸣，到处弥漫着令人陶醉的香气。夏天，山川沟壑立刻变得生机勃勃，多姿多彩，沉静的是湖蓝，纯洁的是月白，高贵的是橙黄，热烈的是大红，典雅的是瓦灰，庄重的是墨绿，夏日的阳光仿佛就是一个个调皮的小精灵从树梢舞进来，在树荫下投出斑驳的影子，此时的大地仿若莫奈随意涂上的大片色块。秋天，蔚蓝的天空，一尘不染，晶莹剔透，朵朵霞光照映在汉丰湖上，鱼鳞般的微波，碧绿的湖水，绚丽了水中的浮云。冬日的阳光尽管微弱却也清爽，山水间夹带着的彩霞，淡淡的，蒙蒙的，红与白相间，像足了醉意朦胧的脸上泛起的红霞。行走在美丽开州，一年四季，春夏秋冬皆有惊喜，每一次，每一地都是一次养颜洗肺、静心健身的康养之旅。

美丽开州，美在灵山秀水，奇洞险峰。绿树成荫、云雾缭绕的铁峰山挺拔巍峨；奇峰竞秀、峡谷幽深的国家级森林公园雪宝山雄伟壮丽；溶洞温泉、暗河涌动的国家级历史文化名镇温泉古镇层楼叠榭；一碧万顷、苍翠欲滴的狗儿坪草场辽阔壮美；环山绕谷、茶林广袤的脱贫帮扶结晶大进红旗茶园茸翠如画；水光潋滟、山色空蒙的汉丰湖景区怀珍纳秀；半绿半红、令人陶醉的三江流域微波荡漾……行走在美丽开州，就是一次发现奇观、亲近自然的心怡之旅。

美丽开州，美在历史悠久，古韵悠扬。开州古属梁州，蜀先主划朐忍县西部地置汉丰县，以汉土丰盛为名，开启了开州有独立建制的时代。国家级重点文物保护单位刘伯承同志故居和纪念馆是"全国爱国主义教育示范基地""全国红色旅游经典景区"；恢复重建的"开州故城"是汉丰湖度假区的重要组成部分；开州博物馆是国家AAAA级旅游景区；境内星罗棋布的古井、古楼、古道、古塔及古遗址默默讲述着岁月沧桑……行走在美丽开州，就是一次寻根历史、穿越时空的心动之旅。

美丽开州，美在文化厚重，流溢书香。璀璨的秦巴文化、巴渝文化、三峡文化、移民文化在此交融新生；《盛山十二诗》引发了"诗和长安"的文坛盛事，为八景诗体的形成奠定了坚实的基础；散文大家唐次的《辨谤略》《盛山唱和集》，两江总督的《李尚书证书》，进士陈昆的《诗抄》《文抄》传颂至今；书法、诗词、楹联等，一直在渝东北文化领域独树一帜，兴盛不衰……行走在美丽开州，就是一次品味书香、感悟文化的学习之旅。

美丽开州，美在弃旧图新，血色沧桑。"公车上书"六举子见证了开州人救亡图存的担当；抗日英雄千余人见证了开州儿女觉醒后的豪迈；红岩十四英烈见证了信仰的力量。红军转战开州的杨柳关遗址见证了建立革命根据地的光辉岁月，一代军神刘伯承元帅更是为中华民族和中国人民的解放事业建立了不朽功勋……行走在美丽开州，就是一次重温革命精神、传承红色基因的寻根之旅。

美丽开州，美在田园牧歌，乡愁难忘。竹溪生态乐园、毛城桃花岛、温泉彩色油菜花圃、郭家童话森林王国、正安盛山植物园、大德七彩仁和观光园、南门紫海云天、长沙福城橘海、厚坝水云天、大进巴渠生态茶园、满月马扎营养生旅游区、雪宝山音乐露营基地、九龙山梯田、汉丰南山忆等，既可欣赏田园风光、沐浴清凉、采摘果蔬，亦可体验传统耕作、品尝农家美食、夜宿特色民居，看得见山，望得见水……行走在美丽开州，就是一次返璞归真、触动乡愁的归乡之旅。

美丽开州，美在民俗特色，风情万种。在这片古老而神奇的土地上，别具特色的民俗节庆异彩纷呈，有名动千年的"上九登高"、有异彩纷呈的元宵灯会、有祈福消灾的威灵寺庙会、有百舸竞渡的龙舟大赛，以及妙趣横生的"温泉斗亮"等。节日期间，情浓、酒香、歌美、人欢，民俗风情引人入胜、令人陶醉……行走在美丽开州，就是一次感受特色文化，体验民俗风情的开心之旅。

美丽开州，美在物华天宝，舌尖留香。这里藏珍蕴奇，天麻、木香、豆制品蜚声市内外，敦好龙珠茶和三合水竹凉席、临江香绸扇合称为"开州三绝"；开州冰薄、开县春橙、开州木香、龙珠贡茶是国家地理标志保护产品。米茶、橘饼、桑叶蛋、肉兔、开州香肠、巴山土腊肉、胡安太皮蛋等特色鲜明，以长沙春橙宴、临江混蒸、开州十大碗等为代表的特色佳肴和以毛毛牛肉干、紫水坨坨豆腐干、糯米糍粑、椒麻牛肉包面等为代表的特色小吃构成了独具特色的风味美食……行走在美丽开州，就是一次唇齿留香、回味无穷的享受之旅。

美丽开州，美在旷达豪迈，热情爽朗。热情周到的待客之道，豪迈奔放的交友风格是千年文化交融的结晶。漫步在城市的大街小巷，行走在农村的乡间小道，您都能感受到开州人民的淳厚、豪爽、热情……行走在美丽开州，就是一次宾至如归、流连忘返的暖心之旅。

美丽开州，花从春天飞过，飞洒缕缕馨香；叶从夏天划过，划出丝丝凉意；风从秋天吹过，吹皱阵阵金浪；雪从冬天飘过，飘下种种希冀。每一季的相遇都充满诗意，每一个时节都令人流连。

# 开州名片

　　雪宝山，绵延绵亘，险峻挺拔，群峰环峙，白云弥漫，云雾缭绕，气势磅礴，在神秘而静谧中不露声色地诠释着生命的博大、生命的肃穆、生命的顽强。汉丰湖，波光粼粼，轻舞飞扬，翩若惊鸿。春回大地，杨柳扶岸；夏荷盛开，轻舟荡漾；秋霞如锦，浮光跃金；冬鸟祥集，逸趣横生。在开州，山和水并行着，让灵魂在岁月的风沙中磨炼轮回遭遇，蕴含着人们对于心灵与精神的栖息地和归宿的追寻与向往，也正是这种人与自然在精神层面的契合，才孕育了开州开明包容、开放热情、开拓创新的人文精神，而有着中国"军神"之称的刘伯承元帅就是其中最杰出的代表。一山、一水、一人岂不就是开州最好的名片吗？

——题记

　　三江水绵延纵横三里大地，铺染了千年古城的底色，带来汉土丰盛，也形成了开州人的精气神。开州，一个千年文脉浸润的山水之地，水的灵动、山的沉稳，塑造了开州的城市精神，也赋予了开州名片。时光会变，城市会变，但我们的文化基因与精神内涵却不会改变。厚重的文化底蕴是开州名片，悠久的历史人文是开州名片，而神秘的雪宝山、灵动的汉丰湖、军神刘伯承更是开州一张张金色的名片！

## 名片一：神秘雪宝山

雪宝山，秦巴古道开州段的一块神秘净土，享有"巴山之明珠，高山之伊甸，心灵之天堂"的美誉。地貌特征形态迥异：高山峡谷，云雾缭绕；天然溶洞，神秘莫测；悬崖飞瀑，蔚为壮观；石林叠嶂，鬼斧神工。人文风光琳琅满目：秦巴古道，是深厚悠远的文化走廊；白马化泉，是忠肝义胆的传闻异辞；石门拒妖，是智慧勇敢的神话故事；王莽追刘秀，是斑驳沧桑的历史掌故。自然资源丰富多彩：珍稀鸟兽，不胜枚举；佳木良材，树大根深；奇花异草，疏影暗香。据统计，公园内有植物4300多种，其中珍稀植物有170种；有野生脊椎动物480种，其中国家重点保护动物40多种。雪宝山的春天是百花盛开，美如童话；夏天是百鸟齐鸣，凉爽惬意；秋天是金色海洋，斑斓多彩；冬天是白雪皑皑，粉妆玉砌。对于雪宝山，有诗云："春绿上枝披绿装，夏之大地百花香。秋高气爽白云至，冬夜残晖寒傲霜。"

## 春来山花烂漫

春风熏得人陶醉，山水怡情心快慰。阳春三月，杂花生树的时节，从峡谷向雪宝山山顶进发，后面是一串足迹，前面却还是一个谜。沿途峭壁陡立，古树杂陈，怪石嶙峋间不知名的小树上，垂满了一串串的小花。在碧蓝的小叶衬托下，那咧嘴笑着的花瓣，透着娇羞，默默地散发着甜蜜和芳香。

爬到雪宝山的山顶，忽然眼前一亮，地势开阔，百草丛生，仿佛进入了最原始、最完美的高山伊甸园。春天的早晨，清爽宜人，当第一缕阳光从草甸的尽头迸射过来时，草甸上就已经呈现出春天五彩缤纷的颜色。平视，草甸是枯黄中点缀着墨绿，树丛是嫩绿中隐藏着枯黄；树梢是嫩绿的，而野花是各色各样的：朱红的、粉红的、梅红的、橘红的；靛青的、海蓝的、湖蓝的、淡蓝的；豆绿的、墨绿的、碧绿的；娇黄的、橘黄的、杏黄的、金黄的、鹅黄的；绛紫的、乌紫的、鲜紫的、浅紫的、淡紫的；乳白的、米白的、雪白的、纯白的、粉白的；金色、银色、雪青、米色、棕色、茶褐……应有尽有。仰望，太阳是红彤彤的，天空是湛蓝的，白云是透亮的。难怪宋代朱熹有诗曰："等闲识得东风面，万紫千红总是春。"古往今来的文人都爱吟咏春天，画家都喜爱描绘春天，歌唱家都爱歌唱春天。原来春天就是世界上一切美好的融合，万般色彩的总汇。我一直都很奇怪，这五彩斑斓的色彩怎么就选择了在这样一个高山草甸中来呈现呢？而且还不约而至。

太阳慢慢地透过薄薄的云霞，露出早已通红的脸庞，像一个害羞的小姑娘一样把温暖洒向草甸，让游人温暖了许多。不远处的树林中也变得热闹起来，许多小鸟在自由自在地追逐着、欢唱着，高音低音组合成更为清脆悦耳的曲子，伴着和煦的春光汇集成欢乐的小河，积成深潭。

脚下的草甸软绵绵的，枯草的厚度、腐叶的蓬松、绿草的点缀无论从哪个角度去感受都是舒服的。地下棱角分明的草茎颇有生趣，纵横交错的野树密密匝匝、团团簇簇地相拥在一起，生机勃勃。绿色在蔓延，百花在膨胀，触目所及皆是舒服，在感谢大自然的神奇与美妙里，享受着雪宝山上春日阳光的无私馈赠。

### 夏去蓬勃清凉

走过了雪宝山斑斓的春色，迎来了雪宝山蓬勃的夏季，景色更加缤纷绚丽、灿烂热烈，然而却没有暑天的炙热，依然清凉清爽，这就是雪宝山夏天的魅力！承接着春的炫彩，蕴含着秋的包容，激荡着夏的奔放与清爽。

爬山过涧，站在雪宝山顶的天然草甸，远处的山峦更加葱绿，浅丘上茂密的森林中，各类小动物在自由自在地闲逛，各种林鸟发出不同的响声犹如一曲现代交响乐，无不呈现出一幅初夏的山景。

草甸与山峦间的山坡上，盘绕着一片片红彤彤的火焰，在跳动着，闪耀着。走近才发现那是盛开了的杜鹃花，到处都是红色的花朵，一朵挨着一朵，有的三五朵一团，有的七八朵一簇，像燃烧的火球，像跳跃的火苗，在微风中舞动着，这就是雪宝山高山杜鹃花。仔细端详，有的在稀疏的枝叶间打着漂亮的花骨朵，似一颗颗红枣悬挂在褐色枝条中；有的含苞欲放，像含有蜜汁的红枣；有的半开半合，像一个穿着红色婚礼服、犹抱琵琶半遮面的娇羞新娘；有的花朵全开了，那绽放的花朵像穿着粉色绸缎的少妇，脸上露出开心的笑容。微风吹来，那开过的花瓣随风飘落，飘零的花瓣挤挤挨挨，你推我，我推你，坠落于地，花树下，层层叠叠，露出了会心的笑容。

回过头来，远远地望去，雪宝山睡佛静卧于雪宝山万亩草甸上，面朝苍穹，静肃庄严，安宁慈祥，腆着肚子惬意地享受着雪宝山草甸这初夏的惬意。在这惬意间似乎也蕴含着无限的禅机。我在想，这雪宝山睡佛究竟是在享受雪宝山的清凉，还是在守护着雪宝山的自然生态呢？

雪宝山的夏天就在这深邃的禅意中不期而至，因而它还像一个娃娃，炽热的阳光是它灿烂的笑脸，葱茏的草木是它厚密的头发，忽来速去的骤雨是它的脾气。

自然生态之繁华、草甸松软之韵味、秦巴文明之悠远共同构建起盛夏雪宝山的神秘与清凉。然而，雪宝山的天气，就像孩子的脸，说变就变，更平添了难以捉摸的神秘。刚刚还是阳光明媚，白云飘飘，一会儿就变得风卷着云、云追着雨、雨赶着风，天地间就处于雨雾之中，夏天的雨就是这样，急匆匆地，毫无征兆地来，又急匆匆地离去，离去之时，总会给人带来更大的惊喜，在云雾来去的动静之中，一座绚丽的七色彩虹，已经架在两峰之间。

夏雨后的雪宝山，是一幅幅浓绿的画，是一杯杯清凉甘冽的蜜汁。驻足下山的脚步，一曲曲跌宕起伏、婉转悠扬的乐曲传入耳中，循声望去，那是雪宝山雨后特有的风景——山间瀑布，走着走着，瀑布声也是越来越近，随处可见的山间细瀑就在眼前，珍珠般的水滴联成水帘，晶莹透亮，欢蹦跳跃；而小水滴细如烟尘，弥漫于空气之中，成了蒙蒙的水雾。微风一吹，一阵阵透心的凉气迎面扑来，驱走了身上的热汗和疲劳，换来了一身凉爽。沿途的细瀑飘逸、清朗、明快，被微风轻柔地梳理，从高高的山顶上倾泻而下，毫不在意岩石、植被的阻挠，哪怕粉身碎骨也坚强地一级一级地奔向最终的目标。

从山脚仰望这"天水"飞瀑，急剧飞奔的水花，直泻而下，像奔腾咆哮的万匹野马破云而来，在斜阳的余晖中，光彩夺目，"飞流直下三千尺，疑似银河落九天"的诗句迎面扑来……

### 秋到层林尽染

雪宝山的秋天，是用阳光铺成的颜色，是用金色熏染的色彩，是用五彩编制的锦缎。

雪宝山的秋天，有青云白雾缭绕翻腾，有杜鹃枝头迎风绽放，有千里沃野层林尽染。环视四周，山峰历历，或连绵起伏，或挺拔耸立，或如屏风列布，或是憨牛俯首，或是慈佛静卧，或是劲松挺立，行走草甸上，畅意草地舒展秀美，置身群山之巅，领略山野的风采，体味大山的精神，真是心旷神怡。

一场绵绵秋雨过后，雪宝山顶的万亩原始森林，漫山遍野呈现的是红、黄、紫、绿相间的林木，多少斑斓浸染，恰似云锦铺满山峦，给人以强烈的视觉震撼。这里的红叶成簇，金黄与墨绿点缀其中，满目炫彩。

雪宝山的秋天是鲜艳的，美丽的。清晨，天空静悄悄的，一碧万顷，很高很蓝很广阔。"叽叽喳喳、叽叽喳喳"的清脆之声，打破了天空的寂静，惊醒了沉睡中的太阳，从东方慢慢升起来，太阳光清亮而不灼热，照到游人的身上，让人感到温暖，照在大地上，让几近凋零的树叶，舞着翩翩舞步，飘起金黄的丝带，沉醉在这秋天的阳光之下。太阳越来越高，天空依旧湛蓝，几只小鸟在天地间自由盘旋，偶尔飘来的若隐若现的几朵白云，也是变化万千，一会儿像一只洁白的哈巴狗，一会儿又变成一只可爱的小白羊，一会儿又变成了小白兔……到了傍晚，太阳似乎变得更加冲动了，把天空灌醉了，蓝色的天空变成了血红色，太阳自己也把脸涨得通红，久久不愿回到西山中，甚至把眼前的一切都变成了红色，大地沐浴在红光之中，是那么地惬意！

在中国文人看来，"解落三秋叶，能开二月花"描绘的是秋的清丽；"秋风起兮白云飞，草木黄落兮雁南归"刻画的是秋的寂寥；"秋风萧瑟天气凉，草木摇落露为霜"描述的是秋的肃杀，"君问归期未有期，巴山夜雨涨秋池"刻绘的是秋的羁愁……而在我看来，雪宝山的秋恰是一幅清丽的油画，让人怦然心动。在每一片叶子上，在每一朵小花上，在每一滴露珠里，在每一颗松针上……尽管缺了春的妩媚，没了夏天的炽热，少了冬天的含蓄，却多了另一种别致。雪宝山上的天空，没有任何一个季节比秋天更纯净；雪宝山的空气，没有哪一个季节比秋天更清丽；雪宝山上的颜色，没有任何一个季节比秋天更丰富……

### 冬至白雪皑皑

如果说雪宝山的秋天是一幅绚丽多彩的油画，那么雪宝山的冬天便是一幅清丽唯美的中国山水画。事实上，长达四个月的积雪期，绵延逶迤的雪宝山遍山银装素裹，处处玉树琼枝。也正是这冰清玉洁，给雪宝山平添了几许凛冽与威严、几分庄重与神秘。

冬日里的雪宝山，最不容错过的就是雪景。每到冬季，当漫天的鹅毛大雪在山林草甸里纷飞，往往一夜之间，漫山遍野可见"千树万树梨花开"，尤为壮观，满山玉树银花，确有"别有天地非人间"的魅力，令人心旷神怡。

几场雪过后，大雪纷飞连日不止，积雪深处，有的可达一两米之深，整个山野，苍茫一片白，天地间银装素裹浑然一体。而山岩石壁上，挂着一根根水银冰柱和一排排长长的冰帘，银光闪耀，"山舞银蛇，原驰蜡象"的景观呈现在眼前。

雪中的景色壮丽无比，天地之间浑然一色，只能看见一片银色，白雪皑皑，银装素裹，琼枝玉叶、飞珠溅玉，天地一色。一夜之间，雪宝山仿佛是做了美容似的，草甸、森林、山峦都冰清玉洁，素雅美丽，自是千娇百媚、风情万种。

冬日，白雪包裹着的雪宝山本应是枯寂的，然而伴随着偶尔出现的日出、日落、晚霞，雪宝山的冬天也变得丰富起来。早晨，太阳刚出来的那抹光亮将雪宝山的天和云染成了淡紫色，富于温暖的色调和光线，给寒冷的雪宝山一丝温暖的希望。纷纷扬扬的雪花让雪宝山浪漫起来，轻盈缠绵、翩翩起舞的雪花与山顶的云海相遇，和晚霞连成一色，云海翻卷间山峰若隐若现，眺目远望，大自然的画笔绘就出一幅淡雅明丽的水墨丹青图。

然而，这种天气毕竟太少，冬日的雪宝山很快又归于平静，雪依旧纷纷扬扬地下着。洁白的飞羽，给雪宝山披上了洁白的雪袍。放眼望去，漫天飞舞的雪花儿，走过冬天的痕迹，轻歌曼舞，在如诗的梦里踏歌而行。洗尽铅华，潜心聆听，冬天的脚步去了，春天的脚步还会遥远吗？

雪宝山四季风光各异，就像一篇跌宕起伏的交响乐，她的每一个音符都让人陶醉，春天草长莺飞，夏天凉爽清幽，秋天落英缤纷，冬天骤雪初霁……无不彰显大自然的鬼斧神工。

## 名片二：灵动汉丰湖

世界上的湖泊众多，有影响力的知名湖泊也不在少数，如苏必利尔湖、维多利亚湖、贝加尔湖、西湖、青海湖、洞庭湖、泸沽湖等。然而开州汉丰湖的名字却没有如此的响亮。是汉丰湖不美吗？不是，在我看来，目前的汉丰湖恰似养在深闺无人识的青春美少女。

与西湖比，她缺了震撼人心的人文底蕴；与青海湖相比，她缺了层出不穷的自然景观；与洞庭湖相比，她缺了稻香鱼肥的自然之趣。那汉丰湖拿什么与这些知名湖泊相提并论呢？

其实汉丰湖的美亦有其独特之处，相信在时间的沉淀下，终会成为誉满天下的知名湖泊。

汉丰湖的美在于她独特的地理位置。汉丰湖位于开州城区内东河与南河交汇处，是因三峡工程消落区治理而形成的人工湖，东起乌杨桥水位调节坝，西至南河大邱坝；南以新城防护堤为界，北到故城及乌杨坝防洪堤。事实上，汉丰湖被环抱在"四山"（南山、迎仙山、盛字山、大慈山）之间，又环绕着开州新城，形成了"湖在城中、城在山中、人在山水中"的水墨胜境。

汉丰湖的美在于她曼妙的四时风光。春天，汉丰湖在阳光的照耀下闪现出多种颜色，撇开汉丰湖畔的轻轻杨柳，蓝的、白的、黄的、绿的、红的、紫的……五光十色，瑰丽无比。偶尔一群野鸭在水中扑腾一下，也似乎是在给游客展示自己的游水技艺！夏天，万物复苏，碧绿的小草，多彩的花朵，茂密的树木为湖面穿上了一件多彩的盛装。远远地向湖边的荷塘望去，"接天莲叶无穷碧，映日荷花别样红"的美景呈现在眼前，那青翠欲滴的荷叶挤挤挨挨，宛如千把撑开的绿伞，遮住了碧波荡漾的水面，还有水下那嬉戏着的鱼虾。莲花开放，刚开的是嫩黄的，盛开的是粉红色的，花朵中间，几片花瓣托着伫立在水中央，中间还露出几个花蕊，还有白色的莲花，白中还透着点粉红，就像小姑娘脸颊上的红晕，正可谓是"清水出芙蓉，天然去雕饰"。秋天到了，风轻轻地抚摸被太阳光照射的湖水。抬头望着天空，云彩白白的，衬托着天空蓝色的晶莹。娴静、轻盈的湖水，与秋天的阳光一起飞翔。湖中的彩林，橙红的、紫红的、淡黄的、金黄的……流露出大自然秋色的嫣然，真可谓"秋水共长天一色"。冬天里，汉丰湖蕴藏着春的生机、夏的热烈、秋的收获，蕴藏着一年的不舍与留恋，当湖面上的雾气逐渐散尽，阳光倒映在波光粼粼的湖面上，闪闪烁烁，各种各样越冬的鸟儿掠过湖面，时而三五成群，时而成群结队，浩浩荡荡，景象蔚为壮观。这是大自然对汉丰湖的无私馈赠，这里也是它们生存的天堂乐土。由此可见，汉丰湖的四季呈现出"春柳拂堤岸，夏荷戏水鸳，秋林穿舟影，冬鸟宿湖山"的景象。

汉丰湖的美在于她资源的丰富性。烟雨苍茫美景汇，遍野青绿似春归，包括河流湿地、库塘湿地、沼泽湿地三大湿地类和永久性河流、季节性河流、洪泛平原湿地、库塘湿地、草本沼泽、灌丛沼泽六个湿地型，水库湿地特征显著，湿地形态自然，植被景观秀丽。由于湖面增大，湖汊和库湾增多，水生植物资源丰富，因此成为鸟类越冬的乐园。同时，因为三峡水库水位的变化，集湖泊、岛屿、河流、湿地田园风光、城市风景为一体。

汉丰湖的美在于她文化的多元性。汉丰湖是因为三峡工程而形成的人工湖，历史文化与现代景观文化的深度碰撞融合，形成了独特的文化景观。汉丰湖底埋葬的是有着1500余年的历史古城，千年积淀下来的人文风情、人文风俗、自然风景；汉丰湖岸边韦处厚笔下的盛山十二景依然还深深地吸引着游客，清代形成的"盛山积翠、州面列屏、熊耳晓云、迎仙夕照、莲池睡佛、仙境凝辉、清江渔唱、瑞石凌霄"汉丰八景大多还能再现；与汉丰湖同生的"风雨廊桥""举子文胜""城南故津""文峰晨曦""帅馆凝辉""九拱映月"的现代人文风景相映生辉。刘备赐名汉丰县、关索避难射洪山、冉肇则迎战李靖、唐次勤政为民、柳公绰守职护法、韦处厚诗和长安、宋申锡锄奸遭贬、杨汝士压倒元白、一门双进士、同窗两高官等故事，无不增添了汉丰湖文化的多元与厚重。

其实汉丰湖的美，是无法用言语来描绘的，细细品来，苏轼先生的"水光潋滟晴方好，山色空蒙雨亦奇。欲把西湖比西子，淡妆浓抹总相宜"倒像是在描述汉丰湖。

## 名片三：刘伯承故居

### 刘伯承同志故居

驻足小华山下的浦里河畔，凝望着那条清幽的石板路，青石板上斑驳的痕迹与两旁的黄葛树老裂的树皮铺就在岁月的光辉里。110年前刘伯承同志怀揣着仗剑振民于水火的梦想，从这里走向中国革命。踏上青石板沿着当年刘伯承的足迹向故居走去，青石板是早已残破凹陷，道旁的黄葛树已经是更加粗壮和茂密。

从黄葛古道走上台阶，首先映入眼帘的依然是军神小广场上的黄葛树，黄葛树的树干已经皲裂了，身上的纹路是倾斜向上的，好像大力神用力将树身拧了一圈似的。有的树身尽管已经有空洞的地方，但岁月的无情还是扛不住黄葛树强大的生命力，使其更加雄壮而挺拔！但是，每一棵树又各具情态，从不同侧面展现了自己的坚挺，日复一日，年复一年，守望着这方土地，默默地为树下的"刘伯承故里"石碑和"刘伯承跃马铜像"挡风蔽日，这个石碑是20世纪80年代全国著名书画家范增先生题写的，书法清新俊逸；那铜像挺拔、魁伟，威风凛凛、英气逼人。顽强坚挺的黄葛树，刚毅自然、沉稳平静的"跃马铜像"在这里似乎在诠释着刘帅精神的无穷魅力！

缓步走向刘帅故居广场，有一种豁然开朗的感觉。极目远眺，南山如黛绵延不绝，浦水汤汤，直通长江。山与水之间，高楼林立，一片繁荣景象。但是如今的繁华，却始终无法掩盖历史的过往和无尽的传说。30年前眼前这繁华的街集只是一望无垠的稻田，站在刘帅故居前的这一台地上，望着脚下的稻田中收割完的草垛子，在夜色下就如百万士兵列阵待命，一派恢宏气势，仿佛等待着元帅"沙场点兵"。因此人们把这个台地叫作"点将台"，把下面这一片稻田叫作"阅兵场"。

回转身，穿过"点将台"向刘伯承故居的核心区走去，林木繁茂，葱葱茏茏，推开门，就仿佛置身于与门外喧闹截然不同的另一个世界。这就是刘伯承元帅百年前居住过的地方，花园里，四季都是一派姹紫嫣红的景象，拾级而上，两棵硕大的黄葛树挥舞着长长的大手欢迎人们的到来。

踏过石级，两棵茂盛的黄葛树中间是刘伯承元帅骨灰安放处，靠后的地方立着徐向前题写的"伟大的无产阶级革命家刘伯承元帅之部分骨灰藏于此"的石碑，靠前的地方安放着汪荣华同志率众子女敬立的花圈，上面刻写着"敬爱的伯承，我们永远怀念您"的字样，庄严肃穆。

移步刘伯承故居的主体建筑，青石地坝、青瓦土墙正房、茅屋泥面围成一个原川东典型三合院。堂屋的正门上悬挂着由邓小平同志亲笔题写的"刘伯承同志故居"的牌匾。故居室内一方面还原了刘伯承离开家乡时的生活原样，房间布局、家具用具、生活陈设等都一应俱全。另一方面通过图片资料、实物资料，展示了刘伯承少年时勤耕苦读，立志"振民于水火"的成长轨迹。

从堂屋正门出来，越过宽宽的阶沿，踏入青石晒坝，目光立刻被微风中摇曳的两棵黄葛树所吸引。这两棵黄葛树是汪荣华女士率子女埋葬刘伯承元帅骨灰时亲自栽种的，这两棵黄葛树似乎与普通的黄葛树没有两样，但有一点似乎不一样，那就是故居管理处的老人告诉我，这两棵树比这个地方所有的树都长得快一些，而且繁枝开合，犹如两把大伞。汪荣华女士率众子女亲手栽种的黄葛树纵然无法与院内的桃花、梅花等相媲美，但拥有其顽强与坚韧，它静静地挺立于房屋前，以无声的力量守护着刘伯承同志故居、刘帅的魂灵。难道这不正如刘伯承等老一辈革命家以不怕艰难困苦、不怕流血牺牲、坚韧不拔的革命精神守护着我们的祖国一样吗？

静静地望着两棵黄葛树，能感受到沉静外表下迸发的强大生命力，我们相信，即便岁月流逝，刘帅革命精神也会根植于人们心中，生生不息。

## 刘伯承同志纪念馆

千年文脉地的盛字山下坐落着中国共产党的优秀党员，中华人民共和国元帅，中国人民解放军缔造者之一，伟大的无产阶级革命家、军事家、马克思主义军事理论家，军事教育家刘伯承同志的纪念馆。纪念馆于1990年12月奠基，1992年12月4日刘伯承诞辰100周年纪念日正式开放，邓小平同志亲自题写"刘伯承同志纪念馆"馆名。

远远俯瞰，刘伯承同志纪念馆为现代仿古建筑，庄严肃穆，典雅朴实，高低错落，气势宏伟，与山脚下城市连接的是一座近50米的石堡坎，石梯起步两旁雕有仿唐式大型石狮一对，正面是红色花岗石与黑色大理石镶嵌的大型壁画《山河颂》，分上中下三级，远观是一幅祖国山河图，近看又相对独立，分别为《山石流云》《挺拔青松》《旭日落照》，其寓意深刻。

沿着大石梯进入刘伯承同志纪念馆小广场，迎面映入眼帘的是刘伯承同志铜像，这尊铜像是2009年由著名雕塑家章永浩先生根据解放时期的刘伯承像精心设计而成的，显现出刘伯承元帅运筹帷幄、胸中自有百万兵的军神形象。铜像背后刻写着刘伯承元帅生前的铭语"勉作布尔什维克，必须永远与群众站在一起"，体现了刘伯承同志高尚的精神节操。

移步刘伯承同志纪念馆主展馆。主展馆呈阶梯状，分内外两进院落，内院为陈列厅，共有展厅6间，回廊相连，展览按照历史进程，分为"序厅""壮志英华，从戎救国""土地革命，屡建奇功""烽火抗战，尽显神威""解放战争，功勋卓著""开国元勋，再铸伟业""一代名帅，风范千秋"七个部分。序厅正中是刘伯承着元帅服的半身铜像，其左边墙壁上是一幅合成历史照，展现了土地革命战争时期南昌起义、遵义会议等著名的历史情景；右边是抗日战争时期转战太行山的油画作品；正面是反映解放战争时期双堆集歼灭战的巨幅油画写真。第一展厅主要陈列的是刘伯承成长历程以及刘伯承弃笔从戎参加辛亥革命、护国运动、护法运动等的照片和资料。1911年10月10日辛亥革命爆发，他胸怀着"大丈夫当仗剑拯民于水火"的雄心壮志，开始了戎马一生。第二展厅主要是展示刘伯承土地革命时期的战争经历，包括组织并领导的泸顺起义、参与领导的南昌起义。赴苏联深造回国后，协助红军取得第四次反"围剿"胜利，之后在长征四渡赤水、巧夺金沙江等战役上做出了巨大的贡献。第三展厅对刘伯承在抗日战争、解放战争和解放大西南各大战役中的现存资料进行了展示。包括在抗日战争中形成的"组织游击集团""敌进我退"等战略理论；在解放战争中领导的上党、平汉、淮海、渡江战役，以及解放大西南战役，通过这些展现了刘伯承元帅卓越的战略眼光和军事才能。第四展厅陈列的是刘伯承同志新中国成立后的经历和贡献，包括创办军事学院，为中国人民解放军培养了一大批德才兼备的高中级指挥员。第五展厅主要是对刘伯承新中国成立后的工作、生活做了一个陈列。体现了刘伯承元帅在工作中深入实践、深入群众、实事求是、坚持真理；在生活中，躬行自律、自奉俭薄，身体力行，而且对家属和亲朋故旧也严格要求。

六个展厅，陈列着珍贵图片近1000张，刘伯承元帅生前使用的实物和文献资料近500件，通过场景设置、现代多媒体等高科技，生动再现了刘伯承元帅充满传奇的一生。外院有书画展厅，这里展示的是与刘伯承元帅相关的近现代中国著名书画家的作品，包括启功、范增等国内大师的作品。外院还有影视厅、贵宾接待室等。

到了刘伯承同志纪念馆，还有一个地方是非去不可的，那就是功勋柱广场。为了纪念刘伯承元帅的丰功伟绩，在修建纪念馆时，设计者选择了刘伯承元帅戎马生涯中"浴血丰都""泸顺起义""八一风暴""彝海结盟""巍巍太行""淮海决战""钟山风雨""金陵兵校"八件革命史实，采用大理石做成了8根功勋柱，雕刻精美，素材感人，情景交融，耐人寻味。粗壮挺拔、直指云天的功勋柱，是刘帅丰功伟绩的再现，是刘帅精神的永续传承。

"佳处尚未识，应有来者知。"红色周都是刘伯承故里、清凉雪宝山是大巴山明珠、美丽汉丰湖是三峡大杰作，三江三里，巴风渝韵，北雄南秀，这可算得上萃取精华的开州名片。

# 三里水润话开州

题记：开州故城，这个依山而就、傍河而居的巴渝古邑，始建年代已无从考证了，有文字记载的最早年份应该是东汉建安二十一年（216），蜀主刘备分朐忍置汉丰县，距今已有1800余年的历史了。随着2006年，三峡工程最后一爆——南河大桥的轰鸣声永沉江底，但这座城市的精神汇聚成河流，汇聚成一湖润物无声的精神丰碑……

　　清江河水带着大巴山的威严、温汤井盐的厚重、板凳蛮人的憨厚，一路欢歌笑语地向汉丰奔来；南河水带着少女般轻柔、舒缓文静的特质，羞涩地、缓缓地向清江水偎依，交汇于葱茏葳蕤的盛字山下，融化在澎溪河上游，紧紧地拥抱着这座千年古城——开州。

　　隔湖相望的这片土地，在我们的脚下已经按捺不住往日的沉寂，热烈而奔放地接纳着这三江交汇的亲吻，等待着即将展现的新颜，就像千百年来，在这片土地上徐徐展现的历史画卷。

　　开州，古朴雄浑，大自然的馈赠。亿万年前这片土地是沉浸在汪洋大海中的，又在数次的地壳运动中变成了目前的"六山三丘一分坝"的地貌特征；姚家坝遗址告诉我们，最迟在新石器时期晚期这片土地上就有我们的祖先在这里繁衍生息；千余件青铜文物告诉我们，两千多年前的余家坝是巴人拓疆的据点；1800年前的蜀主刘备划胸忍西北部以汉土丰盛为由置汉丰县，欲将汉丰县作为其一统江山的大粮仓，从此开启了开州有独立建制的时代。

　　开州，历史悠久，人文底蕴深厚。我的老师，一个土生土长的历史文化学者——张昌筹老先生，在一次开州历史文化研讨会上说过，开州，大家绝不可以低看其一眼！其实，它和大多数的历史文化名城一样，随便捧起一把泥土都能攥出血来，随便你走到哪里都有可能被历史绊倒，江里、东里、浦里哪一个地方都有道不尽的历史、理不清的故事。这话尽管略显夸张，但细品起来，想想也不无道理，只是血红的程度不一样罢了。那泥土里深藏的血，就是从远古开始就没有停歇过的一场又一场的战争中存留下来的，而在开州这块土地上烙印最重，影响最深的几场战役应当是：战国时期，巴人拓疆的资源争夺战；唐代的李靖与开州叛唐蛮人冉肇则之战；宋蒙开州之战；元代东川元军谋攻开州之战；明代张献忠开县黄陵城之战；近代日本轰炸开县城。这片土地上的烽火硝烟，无不彰显开州人民保家卫国的奉献精神。

　　开州，物华天宝，人杰地灵之处。山清水秀的开州，在独立建制的1800余年的历程中，养育出众多的文人骚客、忠勇义士，他们以自己的方式和视角感受着历史，记录着历史，改变着历史。唐朝著名的散文大家唐次在开州生活了12个年头，他励精图治，到开州后短短两三年时间里，让开州从一个颓垣断壁之地变为生机盎然之地，还在闲暇之余携众多诗人唱和盛山并结集成《唐使君盛山唱和集》，并由唐朝文学家、宰相权德舆作序。不仅这些，他还在开州任期内完成了著名的《辨谤略》；御史中丞柳公绰在开州，法度森严，治理有效，并留下了"和丸教子"的励志故事；唐朝著名的文学家、藏书家韦处厚元和十三年（818），受时任宰相韦贯之被贬牵连，贬任开州刺史，其任上三年，发展农业、注重教育、教化民众，让开州的政治清明、农耕发达、文教鼎盛。三年的时间，政事之余游历盛山，写下了《盛山十二诗》，引得元稹、白居易、严武、温造、张籍等十余诗坛政坛名流和诗。韩愈为之作序，并在序中称"读而歌咏之，令人欲弃百事往而与之游"，这也是开州第一次被文化名人用诗化般语言向外推介，恐怕这是最早最深的文旅融合吧。唐代的柳公绰、崔泰之、宋申锡都在开州留下了一段段的佳话。清代知县郭孝穆、胡邦胜、徐九道、高学廉、魏熠、林丹云、孔昭焜、陈长墉、罗珍……他们的脚步曾经踏遍了开州的山山水水，他们的文字、他们的精神穿越时空，影响着一代又一代开州人。

如果说是几千年的时代变迁、朝代更迭、征战呐喊给开州赋予了血性的话，那么千百年来那些渗透在我们血脉里的隽永诗句，那些才子文人们在盛字山的山石间、白云下、沟壑畔留下的依然清晰的笔墨和背影，就造就了开州人骨子深处不能剔除的浪漫情怀，也只有在这片土地上生长起来的一辈辈人，把手掌贴在自己的胸膛上的时候，才能感觉到奔突在骨血里的刚性和柔情铿锵之声，这种刚柔并济，我相信是来自我们脚下的这片土地，也是因为一方水土养一方人，才诞生了中国共产党的优秀党员、中华人民共和国元帅、中国人民解放军缔造者之一，伟大的无产阶级革命家、军事家、马克思主义军事理论家、军事教育家刘伯承。"狼山战捷复羊山，炮火雷鸣烟雾间。千万居民齐拍手，欣看子弟夺城关。"这是刘伯承元帅1947年9月作的《记羊山集战斗》，伯承元帅欣然脱口哼出的诗句可谓气势磅礴。

　　永恒的三江水流淌于开州，包容万象，润泽万物，构成多元生命奇观并且推动生命上下求索，从一滴清露开始，经历悬泉、飞瀑、险滩……耐力持久地汇集在盛字山下。时光改变了一切，朝代已经变迁，胜负可以淹没，先贤亦化为泥土，真正被时光留下来的，只有被历史反复过滤的文化精髓，成就了一座城市的精神丰碑——刘帅精神。潜移默化，如冰晶融入了水滴，似水滴融入溪流，汇聚成河流，汇聚成一湖润物无声的湖水……

# 开州之春

　　盛字山上，帅馆堂前，故城岸边，微风掠过湖面，不经意间从湖岸向凤凰头打了个滚儿，便摇醒了冬眠的枯草黄叶。细雨飘过山岭，在雨雾的浸润下，小草拱开干涸的地皮儿，欣欣然，睁开眼，或浅黄或浅绿，渐渐地给初春涂上了碧玉般的翠绿。和煦的春风吹皱湖面，明媚的春光温暖大地，缤纷的开州大地盎然生机，好一幅秀丽山水图。

　　汉丰湖边一排排嫩绿的柳树，并不介意成群结队的野鸭在湖面追逐荡起的一圈又一圈的涟漪，仍然以湖面当镜子，迎着微风、沐着雨丝梳洗打扮，让自己更加光鲜透亮。

　　柳枝舞动的脆响，还没有来得及完全唤醒沉睡的大地，各色花香就像一张无形的大网，在空中散开，把人流、物流、车流密不透风地罩住。初春的气息弥漫着古老的开州大地。深吸一口，那气息瞬间就把肺叶清洗一遍，流经全身，顿觉气血充盈，爽心豁目，有一种欲临湖呐喊的冲动。其实，鸟儿早已在山水间啁啾叫喊起来了，成对儿，结群儿，呼朋引伴地追逐嬉戏，好一幅"草长莺飞二月天，拂堤杨柳醉春烟"的景象。那是大自然在向我们报告：春临开州！草木萌发，万物并育。

蜂蝶穿梭在温暖的季节，携着春天的彩色，在春风的护送下，蔓延到开州的每一个角落。

AAAA级景区开州博物馆旁玉兰园，白玉兰花像赶趟儿似的，迫不及待地从毛茸茸的淡黄色外壳下，探出乳白色的小脑袋，仿佛就是倒置的饱蘸笔墨的毛笔头，垂直指向天空，欲以蓝天为背景，画一幅精彩的水墨画。不经意间，"野凫眠岸有闲意，老树着花无丑枝"的景色仿佛呈现在眼前。

十里竹溪那由油菜花铺就的无垠花海，颜色好像是被精灵的画笔涂过一样，一片金黄，没一点杂色。微风吹过，那香气悠悠地涌进嘴里，弥留齿畔，甜甜的。蜜蜂、彩蝶你来我往，围着花儿们久久不肯离去。让人不得不联想到温庭筠《宿沣曲僧舍》的一句诗："沃田桑景晚，平野菜花春。"

毛城桃花岛的桃花真可谓"人家造化工"，远远望去，满山的桃花就像一大片从天上飘落下的云霞。来到树下，展现在我眼前的桃花婀娜多姿、形态各异。有的才展开两三片花瓣儿，就像一只只展翅欲飞的粉色蝴蝶；有的花瓣儿全展开了，露出了米黄色的花蕊；有的还是含苞待放的花骨朵儿，饱胀得快要破裂似的。一阵微风吹过，花瓣纷纷凋落，真像传说中的"花瓣雨"。这可应了李白的诗句："开花必早落，桃李不如松。"

铁桥、九岭的梨花千树万枝，就像云锦似的漫天铺去，在和暖的春光下，如雪如玉，洁白万顷，璀璨晶莹。极目远望，一团团一簇簇，雪堆云涌，银波琼浪，奔涌的心会在曼妙的蛰动中幻化成无处不在的山水写意。仰头细看，几许欣喜，洁白的花瓣中伸出浅黄色的花蕊，和着暖暖的春风，一股似有似无的清香。无不呈现出"白锦无纹香烂漫，玉树琼葩堆雪"的浪漫。

……

开州的春天是一个百花争艳的季节，是一个浪漫唯美的季节：盛山植物园，繁花似锦；长沙橘海，花果同树；故城郁香园，蝶为其舞；滨湖湿地，百花竞艳；举子园，花繁蝶乱。玉兰花开洁白如玉；油菜花开灿灿袭人；桃花盛开灼灼其华；梨花盛开浅淡馨香……鳞次栉比的各类花儿，为开州涂满了丰富的色彩，也浪漫了开州整个春天。

其实，在开州要饱览春天最浓的颜色，光是这些赏花点还远远不够，应去汉丰湖看看那最美的湖水。朱自清先生曾写过梅花潭的绿，深得甚至有些微微发蓝。那是集叶片、草尖和天空为一体的颜色。在明澈、纯净、绿色的湖水中倒映着，成为最美的春之色彩。汉丰湖的春色与朱自清笔下梅花潭的绿有着异曲同工之妙。

"诗家清景在新春，绿柳才黄半未匀。若待上林花似锦，出门俱是看花人。"可谓是开州春天的真实写照，尽管年年春来花相似，然而，很多人和景却是岁岁年年各不同，开州今年的春天就格外的灿烂！自然界的春天和经济发展的春天两相媲美，交相辉映，成为军神故里的一大亮色！站在两个一百年交汇点上，发扬刘帅精神，承载千年文脉，顺应时代东风，驰而不息，久久为功，扬帆破浪，让浪漫开州花满城，让古老的开州青春焕发。

# 开州之夏

"首夏犹清和，芳草亦未歇"。落红还没有化作春泥，汉丰湖的荷花却已是满怀笑意，雪宝山的绿也一泻千里地铺展开来，各种小鸟更是带着欢笑在城市乡间接踵而至……夏天，就这样肆无忌惮地来到了开州。沿着夏阳的指引，跟随夏风的脚步，鸣蝉，不停地挥动着双翅，伴随着夏天的音符，与群鸟和奏出夏日曼妙的变奏曲，串活了整个开州的山山水水。

## 夏之山

夏日开州的山，仿佛是明代沈周再世，以蓝天白云为背景，挥毫泼墨，绘制出一幅幅多彩多姿的画卷。岭峦、溪河、田野、飞瀑，或墨绿，或青绿，或深绿，满眼的葱茏与葳蕤，忽然间，不再鸭黄、不再稚嫩、不再浅绿，浓浓地把生命的层级极尽地铺展开来。远处的山，再也不像往日那样清淡，变成了一个身穿深绿色外衣的巨人，贪婪而又充满激情地吸纳着烈烈的阳光，悠悠地呼出纯粹的气息，在这绿的呵护下，人们神清气爽，尽享清凉。在这烈日当空的盛夏，却不全是清凉惬意，也有不测风云。突然间，一道闪电，一声清脆的霹雳，接着便下起了瓢泼大雨，宛如天神收到信号，撕开天幕，把天河之水倾注到人间……然而，我们还没有来得及细细欣赏一场雷、雨、风合奏的交响乐，雷雨却张牙舞爪地掠过山野，消失在远处，山更加清新嫩绿了，天空也变得靓丽起来，瞬间，远处一道彩虹从深壑中跃出，在广袤的天际间画出一道弧线，又坠入到山那边的深壑，如同一座桥梁悬挂在蔚蓝的天空中，绿的山、蓝的天、白的云、绚丽的彩虹，交织成盛夏最美的风景。那红、橙、黄、绿、青、蓝、紫，闪耀着欢乐的光晕，目不暇接，顾盼生辉。

## 夏之湖

夏日的汉丰湖，风平浪静宛若一面巨大的蓝色镜子，蓝得那样的纯净，蓝得那样深湛，蓝得那样的温柔恬静，一阵微风吹过，那蓝色锦缎似的湖面，在和风的爱抚下，漾起层层縠纹，泛起层层涟漪，像极了美少女那水灵灵、蓝晶晶的眼眸。

汉丰湖水的美，四时各不相同。早晨，湖水安静极了，蓝天白云静静地编织在这幅湛蓝的画卷上，深邃而静谧。白天，湖水是灵动的，烈日光芒，灼热的光线被橙黄的金线一针一针缝在湖面，热烈而奔放。傍晚，湖水是绵软的，微风习习，霞光万道，像一块迎风舞蹈的彩绸，斑斓闪烁。夜晚，湖水是凉硬的，似一壁绿绿莹莹的翡翠，闪烁着珠光，晶莹而剔透。湖边的荷花池，告别了苞蕾的荷花，绽放着清丽的笑靥，在清风的拂送下，舞动着叠翠的裙裾，婷婷地妩媚着矜持的身姿，凝雾噙露似若一婉约的女子在轻轻吟诵"菱叶萦波荷飐风，荷花深处小船通。逢郎欲语低头笑，碧玉搔头落水中"的诗句，隽永的枝干无不在向你展示着夏日的风情，不由得让你在赞叹那绝佳的韵致中，于蓦然回首间已是"接天莲叶无穷碧，映日荷花别样红"了。

## 夏之云

开州夏日的云，总是让人意想不到，是那样的活泼调皮，那样的激情热烈，那样的豪迈奔放，又是那么的神秘莫测。早日的晴空里，天空中飘飘忽忽的一层薄云，迎着黎明，舞动着轻纱，在天边轻快地跳起了优雅的芭蕾。当你还在为她曼妙的舞姿喝彩时，她又变成载歌载舞的仙女，向人间飘洒着一片片五彩缤纷的花瓣。中午，尤其是太阳雨后，天空碧蓝碧蓝的，千变万化的云朵犹如遇见杰出的魔术大师，空中的一大堆白云，一会儿像唐僧骑着白龙马，在辽阔的蓝天奋蹄驰骋；一眨眼工夫，又变成了一架架银色战机穿梭于茫茫苍穹；还没有等你反应过来，它又变成了一条摇着尾巴的大白狗在浓密的云林中嬉戏；一阵风吹来，它又以迅雷不及掩耳之势将大白狗幻化成了一群可爱的小飞鸽……

开州夏天最美的云，当属盛夏傍晚的火烧云倒映在汉丰湖里那魔幻般的景象。看，湖中有一位仙女缓缓地从湖底走向湖面；湖边那一头吸水的大象似乎半个身子掉进了湖里；晃动的文峰塔尖，两只孔雀正张开五彩的翅膀。还没有来得及将目光所及的火烧云尽收眼底，那边美丽的仙女却变成了高山；笨重的大象变成了一头金毛大狮子；美丽的孔雀变成了一条长长的彩色跑道……湖岸，天地间就如同一张张涣黄的照片，别有一番情趣。再看天空，燃烧的云块越来越大，红色、赭色、紫色、青色、褐色，各种各样，仿佛是哪个淘气鬼不小心把上帝手中的调色板打翻了，把原本湛蓝的天空渲染得如此炫彩，装扮得如此美丽。

## 夏之夜

开州夏日的夜晚是最充满生机的时刻，总是挂着迷人的色彩，有点深沉却带着浪漫，令人陶醉。星星倒映在汉丰湖面，微风一吹，水面上泛起了鱼鳞似的波纹。星星的光芒和着城市的霓虹闪烁，湖面上像铺了一层碎金，"微微风簇浪，散作满河星"就是这时的真实写照。再加上徐徐清风，汉丰湖边的滨湖公园就成了晚饭后人们休闲的好去处。在这里，你可以看到悠闲散步的老人，簇拥而坐聊天的小情侣，随着音乐翩翩起舞的年轻人，各个社团组织的精彩的娱乐活动和丰富的运动项目……

而在乡村，则又是另外一幅景象，村民光着膀子，拿着扇子围坐在大树下乘凉聊天。月光下，青蛙在层层叠叠的稻田里拍鼓"呱呱"响；蟋蟀在蜿蜒的田埂间弹琴；知了也迫不及待地爬上树梢唱和着，辛弃疾笔下的"明月别枝惊鹊，清风半夜鸣蝉。稻花香里说丰年，听取蛙声一片"的热闹景象在田间地块呈现出来。仰望繁星密布的夜空，星星是那么的明亮，感觉离我们并不遥远。偶尔，一颗流星划破夜空，消失在苍穹的夜空尽头，她似乎带着我们的祈祷和心愿……

夏，开州之夏神秘而独具魅力。夏风的娓娓细语，夏雨的绵绵情思，夏云的袅袅飘逸。以至夏天绿树丛林中蝉鸣、荷香萦绕的池塘蛙声、深邃夜空中翩翩起舞的萤火虫，无不让人向往，让人回味。开州的夏，似一支神曲，飘荡去遥远的地方；开州之夏，似一幅美丽的画卷，徐徐展开向天边；开州之夏，似一泓清泉，汩汩流淌滋润着干涸的心田。

# 开州之秋

　　开州的四季，春天繁花如锦，夏天葱茏葳蕤，秋天层林尽染，冬天粉妆玉砌，各美其美。而在我的眼里，开州的秋别有一番景致，是绿，是红，更多的是黄。那火红的枫叶在林中舞蹈着，那橙黄的橘子在绿叶中摇曳着，那金黄的稻穗在梯田间翻滚……把开州的秋天装饰得诗情画意。

　　一念花开，一树花落，一地阑珊；一片火红，一垄金黄，一湖炫彩，这便是开州秋天独特的秋意。带着骨子里迸发的热情与豪迈，丹桂飘香，稻浪千重，红杉满湖，金黄满城，银杏叶翩跹……开州，犹如一幅缓缓铺开的画卷，挥毫泼墨间，淡妆浓抹，妖娆迷人。

　　开州的秋天，是金黄的。

　　在乡村，无论是生产贡米的九龙山还是大德镇、南雅镇、竹溪镇、开竹等地，远远望去，稻田里金黄金黄的好像是谁在地里铺上一层厚厚的金子，秋波摇晃着稻谷，使沉甸甸的稻穗在微风中波动着一浪一浪的。再沿着田间小路，慢慢地走进稻田，发现每一颗稻粒都很饱满，像是一颗颗金子，在阳光的照耀下，一闪一闪的，好看极了！忽然，"呱呱呱""呱呱呱"的声音传进耳朵，青蛙在这个时候也在金黄的稻田里纵情歌唱，小虫儿也在下面呼朋引伴，蛐蛐在稻秆下弹琴，歌声阵阵，琴声悠悠，好一台田间交响乐。"邦——邦邦""邦——邦邦"声音却惊扰了我的雅致，转头一看，不远处，一群农民伯伯和阿姨在收割稻谷！脸上的笑容比金灿灿的稻穗还灿烂，好一派幸福的景象啊！蝴蝶在稻田边翩翩起舞，小鸟在稻田边的小树林里婉转地歌唱，它们似乎也陶醉在这稻田的美景里，也在为这丰收的景象欢呼！"稻花香里说丰年，听取蛙声一片"，让人忍不住想要盈一怀婉约，将一笺心语吟成满纸风情，让斑驳的印记诉说秋水长天的田园故事。

在城市，开州大道两排高大的银杏树那么挺拔，它的枝条却是那么纤细，它那一片片折扇似的叶子是多么富有生机。从远处望去，一抹金黄的颜色呈现在半空，它就像成千上万只蝴蝶，在半空中盘旋。一阵微风从枝间拂过，无数金黄的叶子像许多耀眼的繁星在半空中闪耀，由上至下地发出"沙沙沙"的声响，犹如一支优雅的乐曲在城市中回荡。走到银杏树下，仰望枝头，那金黄的叶子，好似一群小精灵，和着歌声，随着浓浓的秋意，一起在枝头舞动。再回过头看满街的银杏，笔直的树干，仿佛就是列队守护的卫兵；纤细的枝条，仿佛是舞蹈家的手臂；精致的叶子，仿佛就是一把把长柄的扇子。最惬意的就是，弯下腰，轻轻拾起地上那几片金黄的银杏叶，把浓浓的秋意写进几乎完美的叶片上，拿回去夹在书中做书签……

开州的秋天，是湛蓝的。

天空中犹如一张蓝纸，万里无云。像碧玉一样澄澈，连一丝浮絮都没有，又像被过滤了一切杂色，瑰丽得熠熠发光，让人忍不住要拿出手机，扮演一回摄影师，将蓝色的苍穹永久珍藏。再看看汉丰湖，却有着别样的魅力，远远地望去，湖水被天空映得碧蓝，蓝得那么纯净，蓝得那么深湛，也蓝得那么温柔恬雅，那蓝锦缎似的湖面上，起伏着山的倒影、城市的倒影，形成了一幅五彩缤纷的水墨丹青。一阵秋风掠过，湖面懒洋洋地伸个懒腰，水上泛起微皱。忽然，几只白鹭窜出来，调皮地栖息在航标上，随风摇曳着优美的身姿，好一幅和谐灵动的水墨画。

开州的秋天，是飘香的。

每年只要进入九月，滨湖公园到处都是桂花飘香，让人不忍抬足，生怕走过了就错过如此的美好。尤其是博物馆附近的公园，那金灿灿的桂花，星星点点地洒在深绿丛中，从远处望去，像在绿色的绸缎上撒了一把碎金。走进桂花林，从花蕊中散发出一缕缕沁人心脾的香气，使人感到神清气爽、心旷神怡。再仔细看看，那些发出芳香扑鼻的小花组成一丛丛一簇簇的小花球，藏在树叶中，仿佛就是星星在向我们眨着眼睛。

　　"暗淡轻黄体性柔。情疏迹远只香留。何须浅碧深红色，自是花中第一流。梅定妒，菊应羞。画阑开处冠中秋。骚人可煞无情思，何事当年不见收。"有着"千古第一才女"之称的宋代女词人李清照笔下的桂花，胜过梅胜过菊也胜过兰，为中秋时节花中之冠。秉性温雅柔和，情怀疏淡，其美在内，毫不张扬，好似暗角里的花朵，如果不是那醉人的香气，谁也不会注意绿叶下那细小的身影。没有斑斓的色彩，没有迷人的娇颜，更没有夺目的身形。色淡雅，形细小，味醇香，聪颖中透着灵气。抱团成簇，一个个花朵相拥在一起，个小无所惧，人多力量大，簇拥着的身躯散发出的浓香却是那么地沁人心脾。

　　对开州而言，春天的绿，夏天的红，秋天的黄，冬天的白，都是一样的精彩。而对我而言，开州秋天的美是理智的，它不像春那么妩媚，夏那么火热，冬那么含蓄。开州之秋，冷静中带有些许热烈，洒脱而飘逸，犹如季节流淌的诗篇、秋蝉低吟的浅唱、烟雾缥缈的缠绵。

# 开州之冬

　　"乍寒忽暖初冬候"，尽管已经是立冬时节，眼前还是"天水清相入，秋冬气始交"的景象。放眼望去，春的葱茏、夏的葳蕤、秋的缤纷依然交织在眼前，天清气朗，风和日丽，温暖舒适，正应了民间"十月小阳春"之说，这就是开州的冬天。是粗犷还是秀巧，是多彩还是苍凉，一时半会儿真的感受不出来，只是季节的轮回告诉我们冬天已经如约而至。

　　在开州生活了这么多年，刘长卿诗中"日暮苍山远，天寒白屋贫"和高适诗中"千里黄云白日曛，北风吹雁雪纷纷"的场景几乎都没有见识过，郑燮"晨起开门雪满山，雪晴云淡日光寒"的凄凉也没有领略过，更不要说去体验柳宗元所追求的"千山鸟飞绝，万径人踪灭"的深远空寂了。

　　恰恰这些年来，我能感受到的是宋代仇远笔下"小春此去无多日，何处梅花一绽香"的诗韵，是唐代白居易诗中"老柘叶黄如嫩树，寒樱枝白是狂花"和宋代范成大"拨雪挑来踏地菘，味如蜜藕更肥浓"的画境，是宋代陆文圭"边思吹寒角，村歌相晚春"的曲意。在我眼里，开州的冬天是诗，是画，是曲，是韵，更是一种迷蒙绰约的美……

开州的冬天是朦胧诗意。

清晨，推开窗户，轻轻的蒙蒙的凉凉的湿气迎面扑来，尽管还感受不到刺骨的冷风，但已经是有丝丝凉意了。远远地望去，浓雾在漫漫涌起，似乳白色的薄纱，淹没了远山，淹没了楼房，亲吻着那半青黄的草木，亲吻着那鳞次栉比的楼房。一切在冬日的晨雾中变得缥缈起来，仿佛是一位古典少女把一缕素娟轻轻舞动，漂浮不定，忽而窜上山顶，忽而又奔向山腰，把盛字山的轮廓掩映在隐隐约约的丝绢下，美得无法比喻。揉揉眼睛，仍然分辨不出是白雾托起了盛字山上的凤凰头，还是盛字山挽留了白雾，总之，山与雾，林与雾，已经没有苍黛凝重感，相反却是变得朦胧飘忽。

汉丰湖两岸的楼宇间，穿梭着一条条乳白色的丝绢，挥不走，扯不开，斩不断，时而清晰，时而朦胧，晃眼间高楼奇迹般地消失，忽又神秘地立于雾朵之上，雾气变幻莫测，说雾薄吧，看不到那些建筑的整体；说雾厚吧，迷雾开豁的地方，又隐隐露出楼房的轮廓，随着迷雾的浓淡变化，神秘多姿，整个城市仿佛成了梦幻中的海市蜃楼。环视汉丰湖，那浓浓的大雾，夹带着水汽，在微风中，雾推着雾，一忽游动，一忽停滞，一忽凝聚，一忽散开，时而涌现出奔腾的雄狮、时而踱出悠闲的大象、时而飞出矫健的雄鹰……犹如登上竞相精彩呈现的广袤舞台。

近处，青草苍翠，树荫浓密，耳边只闻鸟鸣，百啭千声，却看不见它们玲珑的身影。一团团微带寒意的浓雾不时扑在脸上，掠过身旁。凝视着这些把山水林楼拥抱得有些窒息的雾气，这一切都如此神奇，如此丰富多彩，如此变幻莫测，给开州的冬天增添了无穷的诗意。

开州的冬天是缤纷画境。

晨雾慢慢散开，笼罩在天地间的一层"纱衣"渐渐褪去，缕缕阳光蔓延到山峦、平野、沟壑，开州冬日山水的清新自然流露出来，是绿色？是黄色？是橙色？是红色？似乎都不对，那山峦、田野、公园、湖畔、路旁的杂树、枫树、橘树、海棠、水杉、银杏等，缤纷斑斓的彩叶在开州山水间婆娑舞动，时不时随风下起一阵"彩雨"，那跳跃的嫣红、那耀眼的橙黄、那沉静的紫褐、那亮丽的鹅黄、那醉人的深绿，伴随着远处飞翔的大雁为这萧瑟的景象增添了一丝灵动，构成一幅浪漫的冬日画卷。

看，山峦沟壑间，漫山遍野的杂树、枫树、松柏层林尽染，万山炫彩。那枫叶的橙红，更是美中之美，艳中之艳，一枝枝、一簇簇、一层层、一片片浓情盛放，或深或浅，或亮或暗，激滟了山峦、绚丽了沟壑。

看，湖中的水杉，万道阳光，洒金绘彩。倒映中五颜六色的炫彩与湖面水杉的红艳融为一体，有实景，有虚景，实实虚虚一起在人们的眼中摇曳着。彩锦铺水，美轮美奂，这就是汉丰湖冬日的奇景彰显的独特魅力。

看，开州大道旁的银杏树，多么醒目！金黄的叶片，满缀枝丫。片片酷似小扇子形状的树叶，犹如挺立在树枝上斑斓的蝴蝶。风拂过树梢，叶儿随风悄然滑落在树下的花台上，相互搀扶着，依偎着，共赴生命轮回的盛会，坦然接受生命的终结。在洗尽铅华后，终归于永远的沉寂，融入土地之中，化作新生的希冀。这让我对龚自珍"落红不是无情物，化作春泥更护花"的诗意有了更深切的感悟。

看，河畔海棠园，满园满树的彩叶，灼人耀眼。那曾经在仲春时节花团锦簇的海棠树，正以更加红艳的色彩展现生命的精彩。多么坚强啊！即使凋落，也要凋落得不同凡响；即使消逝，也要消逝得动人心魄！

……

三里三江、远山近岭、沟壑平野，层林尽染，炫彩相伴。开州的冬天色泽丰富！嫣红中透着深褐；橙红里流淌着淡黄；深绿里藏着淡紫……色彩相互渗透，相互晕染。我在脑中极速地搜索着身边的丹青妙手，也没有发现哪一位可以调制出这么丰富的色泽。开州的冬天恰如一幅色彩缤纷、衔接自然的水彩画。

开州的冬天是浪漫曲韵。

在开州冬日里，汉丰湖湿地以及广袤的旷野犹如白居易"老柘叶黄如嫩树，寒樱枝白是狂花"样的景似春华。恰恰在这个时节，汉丰湖成群结队的候鸟也给开州的冬天显露出隐藏的生机。各种鸟儿在湿地的滩涂中盘旋徘徊，它们或叽叽喳喳在水中追逐嬉戏，或啁啾啁啾迎风飞舞盘旋，或唶唶唶唶结伴在湖中猎取小鱼。汉丰湖湿地的冬天能看到越冬的鹰鸭类候鸟多达20余种，高峰时期超过万只，有苍鹭，有白鹭，有翠鸟，有斑背潜鸭，有绿翅鸭，还有被誉为"鸟中大熊猫"的中华秋沙鸭……这些来开州越冬的鸟儿大小不同、习性各异，有的喜欢群居，有的喜欢独处，有的喜欢吃飞虫，有的专到湖中猎鱼。它们之间各有领地，有的割据在湖面，有的嬉戏在丛林，互不打扰，犹如一个大家庭一样和谐相处。惹得汉丰湖的冬天人头攒动，热闹非凡，处处是观鸟的人群，多数人都自备了照相机和望远镜。由于阳光明媚，时不时就能看见一群候鸟同时起飞，同时降落，时而展翅鸣号于蓝天、时而击水荡于耳畔。风声、水声、欢呼声、鸟鸣声共同呈现出热闹而浪漫的曲韵。

　　这就是开州的冬天，仿佛一首朦胧的诗歌，那娇艳的花、苍翠的叶、醉美的果……毫无掩饰地撩起绵绵情思；犹如一幅暖色的油画，那跳跃的嫣红、耀眼的橙黄、沉静的墨紫、醉人的青绿……无法拒绝地撞击着陶醉的心房；宛若一支别致的情韵小曲，那群鸟和鸣的天籁、那激越冲动的喧嚣、那铮铮淙淙的低语……余音袅袅印证了此曲只应天上有。

　　开州之冬，是诗、是画、是曲，装点着跋涉者的心灵。

# 开州博物馆

　　清代思想家、文学家及改良主义的先驱者龚自珍曾说：
"灭人之国者，必先去其史。"可见史之于国的重要性。有着
"资治、教化、存史"作用的史志是古往今来存史的重要手
段。随着时代的发展，如今的博物馆也承担着存史固国的重
任。当然，开州博物馆也不例外。

　　由于工作的原因，我比其他人更深层次了解开州博物
馆，无论是鲜活的展品，还是直观的条理以及多元的手段，
都深深吸引着我。驻足其中，与先贤静默交流；行进其间，
让思绪天马行空。这是一条时光隧道，青铜白瓷，引领我们
穿越岁月的厚重和神奇；这是一幅水墨丹青，秦砖汉瓦，引
领我们领略先贤的智慧与创造；这是一座文化殿堂，石雕木
刻，引领我们感知历史的沧桑和美丽。

　　我常常告诉我的朋友，每一次踏进开州博物馆都会有不
一样的感受，因此"入馆有益"的体会一直挂在我嘴边，告
诉每一位来开州的游客。同路德维希一世曾经说过的那句

"一个人只有见过慕尼黑才有资格说他见过德国"的话一样，只有到过开州博物馆的人，才有资格说他了解开州。

其实，要在短暂的时间里准确领略一座城市的印象轮廓，方法很多：对于美食家，他们常用嘴品味那里的特色饮食；对于音乐家，他们惯用耳聆听那里的音乐戏曲；对于旅行家，他们偏好用腿体验那里的风景名胜……这些了解一座城市的方式都没有错，只是都略显单薄和片面。相比之下，走进博物馆去体味一座城市的历史，无论是直观的效率还是体验的深度，都是其他方式不可取代的。这也是开州博物馆的重要作用之一。

开州，一座有着3500余年文明进程、1800年建制史的古城，因三峡工程而永沉江底。随三峡工程应运而生的全新滨湖城市，很难直观地体味出历史的轮廓。而开州博物馆的诞生，再现了自唐代以来的城市变迁，昭示着开州人文属性，传续着开州历史文脉。

开州博物馆的基本陈列，以时间为经，空间为纬，按照"开州之源、开州之盛、开州之魂、开州之忆"几个板块多视角地将开州几千年的历史文化逐一罗陈。在以时间为线索展陈的同时，另设了几处审视视角，力图多角度、全方位昭示开州历史发展的轨迹。将思维定位在开州历史人文的传承上，将博物馆作为开州历史文化的载体，展现开州历史伟大而深刻变化的恢宏画面。

于少年，开州博物馆是儿时记忆中急速旋转的风车；

于青年，开州博物馆是未来希冀中瞭望世界的窗口；

于中年，开州博物馆是探寻过往时厚重深邃的史书；

于老者，开州博物馆是唤起回忆时悠扬苍古的叫卖；

于过客，开州博物馆是解读城市时鲜明惊喜的路标。

　　总而言之，开州博物馆在每一个人心中，都有着不同的意义。但唯一相同的是，开州博物馆或多或少都曾介入并影响过我们的生活，而且这样的影响也在随着开州日益发展的脚步，把我们的生活变得更有品味，更有价值。

# 湖山如歌

漾粼湖面洒桥晖
涛众河滩出诗绳
四面翠山峰绵亘
秦巴波颂漾烟花

# 汉丰湖的美丽在波光中蔓延……

汉丰湖的冬天随着"轰隆轰隆"的春雷离开了。

立春后的一个清晨，早早地出了家门，沿着凉风习习的滨湖步道慢慢行进。踩在汉丰湖青石砌筑的石阶上，远眺着汉丰湖迷蒙的粼粼波光……

也许是我和这湖水太亲近了，一直感觉开州的春天是从这里开始的，就像水波一样在水天间蔓延开去的。而今天赶在阳光播撒之前来到这里，还是存了一点点好奇心的，那就是想知道春天像收不住脚的孩子般涌到满城的大街小巷之前，是如何在汉丰湖里热身的。

偌大的湖面，水似乎还没有醒来，平静得像沉睡中的孩子。晨光中一只白鹭从远处扑啦啦地飞来，落在湖边刚刚长出嫩芽的柳枝上，收拢雪白的翅羽和肉红修长的双腿，伸直长长的脖颈，从容优雅，宛若刚刚停下舞步的少女。很显然，它根本没有在意我的存在，傲娇地歪着它的小脑袋瓜子，专注地聆听着什么，仿佛它已经知道，春天早已在眼前的这面巨大的镜子里，欣欣然，睁开了惺忪的睡眼。

晨风起，汉丰湖的湖水微微泛起涟漪，低垂的柳枝吐出嫩嫩的绿芽，滨湖公园里那些小草们、野花们、各种树木们就会争先恐后地探出鹅黄的小脑袋，一路奔跑着，仿佛绿色接力赛，快得让你措手不及。你还穿着棉衣，猛地一抬头，滨湖公园里玉兰树光秃秃的枝条上，已经缀满了白鸽子一样的花朵，好像是一夜之间凭空飞来的，你再也闭不上欣赏美的眼睛，一棵棵地细细端详着、品味着，可是还没有等你品出味道，远处的海棠花也露出了粉黛般的笑脸，公园里不甘示弱的杏花、桃花、樱花、李花还有那些叫不出名字的小野花，都争相绽放了。

每每到了这个时候，最让人感觉不甘心的就是：一双脚跑得没有花开得快、一双眼睛却追不上花开的速度、一棵一簇一遍的花树看得并不过瘾。

于是就赶紧邀上三五好友自驾出行，去郭家的百亩桃园，看凝满枝头的花朵连绵如天空坠下的淡粉色云团；到铁桥看十里梨花又似一场四月飘雪，把山坡沟谷装点得粉妆玉琢；去竹溪看金子般的油菜花……然后，又回到汉丰湖泛舟、采荷，做一次像模像样的荷花仙子。

等到你的眼睛看累了，暑气也逼到了家门口，太阳落山之后，一家人来到汉丰湖，换上泳衣，扑通跳到水里，津津的凉意一下就浸满了全身的每一个毛细血孔，湖水轻柔、妥帖地拍打、推拥着你的身体，黛青色的盛字山被正在沉落的太阳的余晖涂上一层薄薄的金光，一直延伸到整个湖面，你舒展开手臂，在满湖动荡的金色波光中畅快地游水、嬉戏，偶尔停下来的间隙，会觉得腿弯处、胸腹间突然有什么轻轻碰触你，瞬间又消失了，这时候如果你一个急且快地猛子扎进水里，或许就会看到一尾粼光闪烁的鲤鱼，狡黠地消失在你的余光中，不见了。

太阳光还没有完全收进远山的袖笼里，一轮明月、几点星光就迫不及待地挂上水蓝的天空中，大慈山观景台上的霓虹灯也闪闪地亮了，还有滨湖路上一长串暖黄色的路灯的光亮，以及更远处不知源自哪里的荧荧晃动的光点，倒映在暗下去的水波上，仿佛远山、湖面、明月、闪烁的星星都连在了一起，天上的月亮倒映出另一个活泼、轻灵的水月亮，在你身边跳荡着，活力、诱惑总是有让你要把它捉住、捧在手里的冲动。这时候，你会感觉汉丰湖的美达到了极致，身心都被泡得微微醉了，细细的风，把黄桷兰浓郁的花香气，吹进你的肺腑间，给这样的夜色又平添了些不可知的神秘气息，让你忍不住闭上眼睛，把对于美的想象力发挥到所能达到的任何地方。

都说秋天是个荒凉的季节，可是如果走在开州的街道上，你是无论如何都不会有"秋风萧瑟天气凉，草木摇落露为霜，群燕辞归鹄南翔"的感觉。秋意渐浓，秋风就像一个魔术师，在开州大道两旁高大、挺拔的银杏树上一点，银杏树叶顿时变成了金黄色。一阵风吹过，银杏树叶就会腾空而起，像是五颜六色的蝴蝶四处飘飞，然后，又慢慢落在地上，远远望去，像是铺在地上的一块金黄色的大地毯，显得格外漂亮。望着呆呆的"黄蝴蝶"，会情不自禁地想：它们为什么要扑向大地呢？"落红不是无情物，化作春泥更护花。"也许它们像落花一样，也是为了化作肥沃的泥土，报答树妈妈的养育之恩。其实，每年秋天，都能看到这一美景，如果你有机会来开州，一定不要错过这美景。

春天的阳光洒在宽阔的湖面上，四季又开始了新的轮回，我知道我还是会像往年一样，在开州这个美丽的城市里，追随着美丽，发现着美丽，我明白这个过程其实就是爱的过程，那些感动着我的美，让我对这个城市的热爱，找到了根基，那些追随美的步履，也让这个城市的青山、绿水、长街、小巷在我的生命里刻录上了深深的沟洄……

# 汉丰湖之春——立体之色

汉丰湖之夏，青青绿绿的是晶莹透亮的倒影；汉丰湖之秋，纷纷扬扬的是满街的金黄；汉丰湖之冬，朦朦胧胧的是若隐若现的薄雾。唯有春天，最不明白的就是，湖面、湖底、湖岸那五颜六色的立体色彩，仿佛就是打翻了画家手中的调色盒，活泼得让人迷醉，耀眼得让人眩晕。

我喜欢万紫千红的春天，更喜欢汉丰湖春天里五彩缤纷的色彩：太阳是红彤彤的，天空是湛蓝蓝的，树梢是嫩绿绿的，湖水是深蓝蓝的……这也许就是音乐家爱演奏春天，文学家爱吟咏春天，画家爱描绘春天的缘由吧。

汉丰湖春天的色彩真是无处不在，放眼望去，天空、湖面、公园、山林无不昭示着春天的绚丽。

汉丰湖春天的色彩在变幻无穷的天空中。清晨，红彤彤的太阳从东边的山坳上冉冉升起，朝霞在湖底中蔓延散去，缕缕金光照耀着那山、那湖、那湿地，还有那恬静的滨湖小城。如诗如画的青山秀水，轻盈透亮玉带般的晨雾，苍翠的山峦若隐若现，引人入胜。转眼间，已是晌午时分，天空颜色变成浅浅淡淡的蓝，雪白的小动物们偶尔在这片蓝色的海洋之中嬉戏、遨游，无忧无虑！忽然，天空中怎么一时变得五颜六色了，使人眼花缭乱？哦，原来孩子们在湖边放风筝呀，蓝天白云照耀下，各种各样的风筝在自由自在地飘舞着，飞升着，好一幅令人心旷神怡的景象啊！

　　汉丰湖春天的色彩在五彩缤纷的公园里。每到春天，汉丰湖湿地公园内，红得如火的木棉花，粉得如霞的芍药花，白得如玉的月季花竞相开放。它们有的花蕾满枝，有的含苞初绽，有的昂首怒放。一阵阵沁人心脾的花香引来了许许多多的小蜜蜂，嗡嗡嗡地边歌边舞。看，城南故津花园里的迎春花早已开放，颜色很奇特，它既不像玫瑰那样红艳，也不像万寿菊那么苍黄，其色黄得剔透发亮，微风吹拂下的迎春花儿宛如一只黄色蝴蝶在飞舞，每一朵花都有双层六片花瓣，那花瓣就像蝴蝶的翅膀，薄如蝶翼，在灿烂阳光的照射下，是那么娇艳，那么惹眼。看，军神广场边的杏花含苞欲放，含苞待放的一点一点的红浅浅的、淡淡的，抹在那袅娜的枝条上，盛开的桃花却是如火如霞。看，博物馆景区玉兰园的玉兰花怒放着，紫玉兰和白玉兰交相辉映，开得那么大气、那么霸道，又那么气势磅礴。一团团，一簇簇，一片片，如皑皑白雪挂满枝梢，如只只白鸽飞落枝头，如雨露桃花朵朵绽放，如日落西山下的一片彩霞压满枝梢。瞧，湖对面的郁金香也开了，红黄相间，花瓣是黄色的，花蕊似火，红得那样热烈。一大片郁金香，花色繁多，红的似火，白的如雪，粉的像霞，黄的似金，一簇簇鲜艳的郁金香犹如彩蝶一朵挨着一朵绽放着，鲜鲜亮亮，一阵微风吹来，它们轻轻摇曳，亭亭玉立，而又颤颤悠悠，彰显着灵动。

汉丰湖春天的色彩在青绿的山林之间。环顾汉丰湖四野，盛字山、迎仙山、南山、大慈山、九龙山仿佛更换一片碧绿，春雨洗去树的苍老，洗出湛蓝的天空。一棵棵小草从甜梦中醒来，它们破土而出，小草给山野增添勃勃生机，不论是在贫瘠的土地上，还是在高山上，石缝中，都能见得到它翠绿的身影。春风吹拂着，似乎遍山的野花都睁开了眼，一朵，两朵，三朵，一簇，两簇，三簇，点缀在那一山的翠绿之间，是那么的艳丽和耀眼。群鸟和鸣，仿佛在告诉我们"春天的色彩在山林间"。

汉丰湖春天的色彩在异彩纷呈的平湖之中。春天，湖边的柳树刚刚发出嫩绿的新芽，柳条随风摆动，像亭亭玉立的小姑娘在跳甩发舞，倒映在湖中，湖水像新泡的绿茶一样清嫩可爱，平静、清澈的湖面像一面大镜子，同时映出了蓝蓝的天空、白白的云朵。太阳的影子在湖水中闪现出了笑容，它笑得是那样的甜美，而湖水在阳光的照射下闪现出多种的颜色，青绿的、湛蓝的、金色的、白色的、黄色的、红色的……五光十色，瑰丽无比。微风吹过，湖水皱起了眉头。但湖水还是那样的凉爽，那样的静。忽然，一条摩托艇从湖面穿梭而过，激起一条长长的缤纷水浪，仿佛水幕影片一样。寻影望去，湖面上的除了摩托艇外，小黄鸭、水上自行车、游船……伴随着欢乐的笑声在空中飘荡。湖岸边垂钓、画画、唱歌、锻炼、休息、参观的人到处都是。远远望去，仿佛就是一幅生机盎然的美妙图画！

汉丰湖春天的色彩是春姑娘手中勤奋舞动着的彩笔，描绘在葱茏葳蕤的四面山上，在斑斓粼粼的湖面上，在缤纷溢彩的湿地公园里，在尽情怡悦的游人笑靥里……

# 夏夜漫步汉丰湖

　　饭后下得楼来，趁着天际中一抹余晖，慢步向汉丰湖边走去。残阳依山，夹杂着片片鳞波的湖面，显得那么优柔却又那么缠绵。不久，落日的余晖渐渐淹没于山脊，融化于汉丰湖的水里，无影又无踪。可急躁的知了却在树丛中一个劲儿地喘鸣，燥热的暑气也还在空中无尽地肆虐。湖边的柳树枝忽然摇晃了起来，抬眼望去，傍晚的天空，云层忽然变得又黑又厚了，四面起了大风，一副"溪云初起日沉阁，山雨欲来风满楼"的架势。

　　沿湖边前行，迎着扑面而来的飓风，让人感到凉飕飕的，吹得人那叫一个舒爽，心情似乎也一下子爽朗了许多。连日来，要么关在办公室，要么闷在家里，沉浸在繁杂的事务和沉闷的文稿中，心情不免有些烦躁和压抑。其实我原本就是一个喜欢拥抱大自然的人，常常静静地立于天地间，接受风雨的洗礼，享受阳光的灿烂，在自然中深深地呼吸清新的空气；常常徜徉在青山绿水之中，美美地享受大自然赋予我们生命的每一天，放飞无尽的思绪。因此，暴雨即将来临时没有畏惧，反而感到无比的惬意。

漫步湖边，手扶护栏伫立其间，眺望湖面。此时，闷雷在天边跟打鼓似的，松软无力地响几下，闪电却似火蛇一般，在夜空之中激烈蹿动，闪烁的电光点亮了半边天。目光游弋，湖对岸，硕大的蓝色广告屏幕闪烁着，那蓝光把湖水照得一片蓝，蓝得像深邃的大海……野鸭过处，蔚蓝色的湖面，荡起微微的涟漪，携着朵朵细浪活跃在湖面上。就这样，汉丰湖在粼粼波光中美得无以形容。

走着走着，不知不觉发现湖岸的柔柳已经郁郁葱葱，湖面铺满了碧绿的荷叶，一片片荷叶展绿叠翠，大大的绿手掌滚动着晶莹剔透的小水珠。朝着密生倒刺的圆柱形叶柄看上去，星罗棋布的荷花袭水踏月，拨云推雾而来，在翡翠妆砌的湖中舞台吐露绝卉芳华，在朦胧的傍晚时分，它们犹如披着粉色梦幻般的纱衣，看上去既像新娘子脸上的胭脂，又像织女遗落在人间的云锦，它们姿态不一地斜坐在荷叶叶盘上，高贵清雅，如一位千金小姐；有的蓓蕾微绽，像一个刚刚揉开睡眼的小女孩；有的露出嫩黄色的小莲蓬……碧绿的荷叶在风中上下翻动，似一群绿衣姑娘在池中翩翩起舞，暮色中，那景象也是别有一番韵味。

停下来，瞭望静卧在汉丰湖北面头道河上的寻盛桥，霓虹灯光闪烁不定，使得夜晚的汉丰湖更加扑朔迷离！寻盛桥倒映在璀璨的夜色中，九孔的倩影伴着霓虹灯光散落在湖水中，伴着野鸭游动的微波，更有一番天地和情趣。远处的九孔倩影，湖中荷池的绰绰艳花，近处的依依垂柳，构成了一幅层次分明、色彩斑斓的水彩画。朦胧，轻柔，而又灵动活泼。"山绕平湖波撼城，湖光倒影浸山青。"这就是我的诗，我的梦，我的憧憬……

夏天的天气真像孩子的脸，一会儿一个表情，让人捉摸不透。这不，这会儿天空又放晴了。湖边散步纳凉的市民越来越多，男女老少，摩肩接踵。一群群，一对对，穿行于轻柔的柳枝下，或低声细语，相互交谈；或含情脉脉，携手而行；或嬉笑打闹，其乐融融……不知何时，湖岸升起十来道强烈的白光，交织着一齐照向天空，顿时，照得那云层通透彻亮，仿佛是那神秘壮观的北极光，我不禁暗暗叫好。一会儿，又响起了一阵节奏明快的动感舞曲，随着音乐的变化，那几道白光变成了七彩的光芒，在天空有节奏地闪动着，忽而向东，忽而向西，忽而又交织在一起。抬头望天，天空五彩斑斓，似繁花绽放，比那星空更加璀璨耀眼！

也许是这光柱太耀眼，我的思绪不禁觉得有些恍惚，忽然感觉夏天就像我们多彩的人生……翠绿的大自然在热浪中渐显幽深和成熟，茉莉如雪，绣球似锦，紫薇带蓝，接天莲叶无穷碧，映日荷花别样红。身边走过一群少男少女，仿佛飘过一朵朵七彩的云霓……夏天从来就不甘寂寞，无论是淡雅和浓艳，都可以成为夏的象征。夏天也最能考验一个人的毅力，因为闷热，便滋生出许多烦躁。意志薄弱的人，爽快地把夏天让位给无聊、懒散、游荡和倦怠。意志坚强的人，却分外珍惜夏天，珍惜夏天的光阴，也就延长了自己的生命，在酷暑炎热中架起充实的生命之舟，在前进中赢得时间老人的恩赐，让生命的每一刻不为之虚度。但是，作为人生旅程中的夏天却太短促，似乎刚过不惑，就已知天命，那一段青春岁月就已经成为美好回忆，但那如火如荼的岁月、沧桑历程却不会轻易抹去，即使夹杂着难言的惆怅，也将在你两鬓如霜时勾起不尽的牵挂，唤起你思绪的百般依恋，撞击你心灵的再次震荡。

"扑哧、扑哧"一群白鹭从湖中小岛的绿柳丛中飞向远方，把我从恍惚的思绪中唤回到现实，才发现不知不觉已经走了很远。回转身往回走，"四顾山光接水光，凭栏十里芰荷香"的美景在眼中已经不重要了。我在想：其实，每一个季节就是人生的一个台阶，纵然有挫折，有烦恼，有扯心裂肺，有徘徊不定，只需心中有梦，不虚度，也足以问心无愧，留得真情在人间。只要你热爱生命，无论是酷暑还是寒冬，也将如温情的春天、潇洒的秋天一样，一样壮丽，一样迷人。

# 走出朦胧的夜色

冬日黄昏的降临总是阴沉沉的，散雾弥漫大地，黛色的山峦像巨鲸的大口，不知不觉地把落日吞噬了，灰暗的苍穹中，夜色，悄悄地插上了翅膀，飞临而下。

远处，偶尔依稀的几声烟花的脆响，划破了长长的夜空，似乎提醒大家此时还在中国最浓重的节日——春节里。顺着响声抬眼往窗户望去，才发觉节日的盛装还未卸去，而春的足音已在耳畔渐渐清晰起来，那么地含蓄，那么地温润，那么地稚嫩而热烈。

我蜗留在这个狭小的空间里太久了，望着眼前的景色，再也忍不住了，和家人招呼了一声，戴上口罩下得楼去，和门卫沟通了一下，向外面走去。

眼下的街道已经失去了往日的喧哗。霓虹灯光孤独地闪烁，四大银行的巨幅广告折射出迷人的流光溢彩。宽阔的大街上除了执勤人员外，偶有三五个人，也是急匆匆的，稀稀落落的，往日那熙熙攘攘的主街道只有昏黄的路灯孤寂地矗立在两旁。

　　整个春节我都蜗居在家中，从未出过门，大街上为渲染节日气氛而营造的迷人夜景，滨湖公园那宁谧的场景，都似乎离我好远好远。烦躁的心绪，让我早已萌生了在人员稀少的夜晚到汉丰湖湿地公园的想法，寻一处宁静，让怅然的心绪不再浮躁地游离于山水相融、湖城相依的静谧之中。于是，我迅速穿过大街，来到滨湖公园里。

　　沿湖一溜绿地，就是淹没在这迷茫的夜色中，充满了梦幻色彩的静谧的汉丰湖湿地公园。游历其间，来时那一颗浮躁而驿动的心，瞬间被这里的夜色所感染。我信步踏上砌有青石板的湖边小道，悠然前行。

　　扶栏远眺，一弯宽泛澄碧的湖水，伴随着四面山蜿蜒着朦胧的夜色飘然而至。横贯南北的石龙船大桥和东西贯通的寻盛桥一片灯火阑珊。成排成排五彩缤纷的灯光倒映在水中——碧波潋滟，彩光摇曳，构成一处绚丽多彩的水中仙境。和着月华如练的夜色，璀璨夺目，异彩纷呈。身临其境，浮想联翩，仿佛在水天连接中，走进了瑶池宫殿——一个梦幻般的璀璨斑斓的世界里。

　　我迷离于其中，流连忘返。静静地徜徉在这宁谧的月夜，真切地感受着宇宙的浩渺与空灵。这时我脑海里忽然闪现出王维《竹里馆》描绘的"独坐幽篁里，弹琴复长啸。深林人不知，明月来相照"的场景。

　　许久，才越过慢行道路，踏进滨湖公园的草坪。公园内刻意打造的一簇簇、一排排、一方方、一弯弯或排列整齐或错落有致的花草树木小景，齐刷刷地扭着窈窕的腰肢，列着方阵接受着春风的检阅。沿着温柔的公园灯光向草坪望去，心中的那一个春天尚未抵达彼岸，而一棵破土而出的稚嫩的小草，已怯怯地探出头来，窥视着这个陌生的世界。一株，两株，三株……分明听见了它们疯长的拔节声。

汉丰湖对岸几溜几溜黑黑的影子，是影影绰绰的开州故城错落有致的建筑物。此时，它们在静谧的月华下，或许正在演绎着大觉寺少僧与大南街小女子的浪漫。延绵着带状湖面而伫立在岸的迎仙山、盛字山、大慈山、九龙山，蜿蜒起伏的线条与沿岸柔和的曲线交错缠绵，画面在动静中交融。

此时我遥望天空，一轮朦胧的玄月挂在空中，正穿梭在棉团般的浮云里，闪动着深情的目光，一路洒泻下来。蓦然回首，身上已披上了一层淡淡的银衣。漫天璀璨的星星，婉婉地向我眨着眼睛。此刻我心境如洗，伴着波光粼粼的湖水，沿着恍然的心路继续向前走去……

柔和的风轻拂着我的脸，星星那温情的眼眸还在闪烁。

忽然，伴随着远处的霓虹闪烁，心中涌起一个清晰的念头：这不就是盎然的春意吗？汩汩而动的湖水，正等待着春潮涌动的那一刻；萋萋的草木正期待着百花绽放的那一天；四面的群山正期盼着让春风来吹绿；细细密密的春雨，把呢喃的燕子来迎回……

大自然所有的一切一切，世间万物都在等待着那一刻——在绿色的希冀里，一展自己一生之中最靓丽的风采……

盘点疫情骤起的这些个日日夜夜，让这一切都快点过去吧，一切都回归自然吧，一想到这里我的心境豁然开朗。不论生活是多么的平淡，抑或是多么的热烈，都将成往事云烟。在这个充满爱的真实世界里感受着生命的真谛，让关爱去填满所有的空白。像岸边的盛字山冈，像岸边的草木，像汉丰湖的流水……它们不都是在默默地守望着、等待着、期望着、奉献着的吗？只要我们坚守每一天，在期盼中做好每一件事，让生活中多一份真心，少一些应付；多一份快乐，少一些忧愁；多一份牵挂，少一丝无奈；多一份期盼，少一点失意……也许这平淡蜗居的生活，就会平添一份斑斓的色彩。

一想到，这一切很快就会结束，就会继续一个人生精彩的筑梦之旅……于是，在这个本来惆怅的夜晚，沾满一身的春意，踏着渐渐被梦想充实的步子，走出这片朦胧的夜色……

# 海棠依旧

　　下班了，偌大的一层楼安静极了，独自呆坐在办公桌前的我却突然感到无比抓狂。连日来工作的压力让自己喘不过气来，我是真的不想把这种心绪带回家中，于是打算先到滨湖公园去走走，安抚一下这狂躁的心绪。

　　迈着并不轻松的步伐，我走进了湖边的公园里，空气中开始弥散着嫩绿的清香、鲜花醉人的芳香。缓步前行，忽然，一股清香萦鼻间，不似玫瑰馥郁，也不似雏菊淡雅，却使人感到惬意、舒畅。抬头一看，原来是已经走到了海棠园，在和煦的春光下，一片深红的、辣辣的，在满目的葱绿中低调地铺展，在夕阳的映照下，格外耀眼。

　　走近细看，一树树，花团簇簇，浅浅的胭脂色，恰是少女略带红晕的脸颊，明妍却不失素然之色。不似玫瑰之灼灼其华、灿若醉红的晚霞。海棠花开，淡淡的绯红，淡淡的幽香。扶着花枝，每一枝上都是满满的繁花，只有极少的空隙中点缀着细碎的嫩绿，"猩红鹦绿极天巧，叠萼重跗眩朝日。"就是海棠花鲜艳的红花绿叶的有力写照。一朵，一簇，一团……繁密而层次分明的海棠花似乎都不嫌拥挤，挨着、挤着、争着，谁也不让着谁，一树树都在比拼着，这场景让人感到无比的上进，心情豁然开朗。海棠的美不若梅花的傲霜斗雪、牡丹的雍容华贵、荷花的香远益清，亦不若桃之夭夭，而是与世无争的谦卑。海棠这艳美高雅的状态，让我不由得想起了陆游的诗句："虽艳无俗姿，太皇真富贵。"

行进海棠树下，我也已融入这海棠花海里了，本来颇不宁静的心绪也完全平和下来了。眼中，心中，只有海棠花开的妍丽与静谧。在春日的夕阳下，海棠花显得那么温暖，那么柔软。晚风微吹，带着满园海棠的幽香，轻轻地吹拂着我的面颊与发鬓，吹拂着人们的胸襟，温柔的慰抚有如慈母的双手。

"海棠风横，醉中吹落，香红强半。小粉多情怨花飞，仔细把、残香看。一抹浓檀秋水畔。"宋代晏几道的《留春令·海棠风横》不正是写出了风儿携着一片片绯红的花瓣在明净的天空中飘荡的情景吗？不同的只是季节罢了。一阵微风吹过，抬头望上去，海棠花瓣在春风中自由自在地飘荡，在空中打了个转儿，情不自禁地伸出手掌，一片海棠花瓣随风飘落，缓缓地落在了我的手心。

看着这片飘落的花瓣，突然想起一千多年前那个才情横溢的宋代女词人醉酒后浓睡一夜，醒来担心院内海棠而急切地追问那个"卷帘人"，这个粗心的"卷帘人"却道"海棠依旧"。这个不爱花的"卷帘人"哪里知道这种敷衍对主人来讲，是很不明智的。果不然，她的主人听到"海棠依旧"几个字后，生气地吼道"知否，知否，应是绿肥红瘦"。一夜雨疏风骤后，海棠怎么可能安然无损呢？花肯定是凋落了一地，只剩下绿叶了。粗心的"卷帘人"不爱花，更不懂花，所以看不到骤雨后花的变化，哪知醉醒后的女主人公却是花痴，爱花如命……

一阵风过，香风阵阵，不时有花瓣随风飘落，我行进在海棠花下，犹如在花雨下，妙不可言。"落红不是无情物，化作春泥更护花。"这个满载浩荡离愁的清代诗人无视白日斜晖，钟情广阔天涯的满腔爱国情怀，却在这个时候着实感染了我，我的心情似乎也不再那么毛躁了。摆摆手，静静离去。不用回头，我就知道身后的海棠定是早已飘落一地。

# 暗香浮动

　　"千里冰封，万里雪飘"的冬日景象，在开州海拔较高的北部山区是常有的景象。然而，开州大部分的地区却是丘陵地带，海拔高度并不高，冬天大雪纷飞、白雪皑皑的场景实属不多见，尤其是海拔不足200米的主城区域更是无法领略到那"千山鸟飞绝，万径人踪灭"的纯净景象。但是，不下雪，并不影响开州城区冬日的寒冷，每到深冬时节，干巴巴的冷，风和小雨都没有规律，直把人冻得冰冷，似乎要把人都冻僵了才肯罢手似的……

　　春节已经临近，冬天却还在逞威，西北风呼啸着，像一个不近人情的酷吏挥舞着手里的鞭子，不问青红皂白地抽打着万物。细雨也在西北风中变得肆虐。下班了，迎着清冷的小雨，沿着滨湖公园走路回家。一路走来，想必是季节也倦怠了，休眠的万物静寂悄然，蜷缩成一位位羞涩而又胆怯的小村姑，生怕稍一动弹便惊醒了万物的清梦。可是，这时的风却没有那么省心，在细雨中缓缓蔓延开来，撩起枝头那几片倔强的枯叶，潸然而坠。

坠下的枯叶伴着一阵阵沁人心脾的香味溢了过来，淡淡的，不用想，这一定是蜡梅。百花之中，独有蜡梅才具有如此奇特的芳香。陶醉在这淡淡的芳香，禁不住想起了"墙角数枝梅，凌寒独自开。遥知不是雪，为有暗香来"的诗句，王安石笔下的梅，让人一下就心生敬意，如此这般风骨，也只有蜡梅敢于凌寒独开，它傲视霜寒，如一丝灿烂而柔和的阳光浸润着冬天的寒冷世界，默默地为冬增添一丝色彩，增一阵芬芳……

嗅着香味寻去，一片蜡梅便呈现在眼前，就围绕在"盛山十二诗"文化长廊旁，长廊边被一树树、一簇簇拥着。走近细看，密密麻麻、晶莹剔透的黄色小花朵倔强地铺在错落的枝干上，宛若裹在荆条上的花瓣，那略带质感的花瓣，像蝴蝶翅膀，在寒风中微微战栗，清香淡淡远远，禅意寂寂深深，让人领略着生命的神秘和坚韧之美。

树梢上清瘦的枯枝傲立着一层花苞，苞尖上露出一点鹅黄，似乎在等待冬日里的一缕暖阳，别有一番情韵，孤傲，纯净，高洁，与世无争。怪不得《红楼梦》里黛玉那么喜欢蜡梅的这种清寂与孤傲。她的品性与蜡梅是那么的相近，她的聪慧及绝世才情铸就了她的独特风骨与气韵。我竖起衣领，把鼻子凑近花瓣，让这淡淡的清香慢慢浸润至心底。

回过神来，慢慢走进"盛山十二诗"文化长廊，一个年轻小姑娘正将自己的脸颊贴在从廊外伸进廊道的梅花花瓣上，轻轻地吟诵着"照野弥弥浅浪，横空隐隐层霄。障泥未解玉骢骄，我欲醉眠芳草。可惜一溪风月，莫教踏碎琼瑶。解鞍欹枕绿杨桥，杜宇一声春晓"。这是宋代文学家苏轼的《西江月·照野弥弥浅浪》，这首诗告诉我们玉洁冰清的风骨是梅花自然的风度，高尚的情操追随向晓云的天空，不争不比，独自芬芳。我望着这个沉醉在花香中的小姑娘，暗暗地想，喜欢蜡梅的姑娘一定是一个特立独行的女孩子，她无须娇美的姿容，亦不屑喧嚷人世，她只需自己的傲骨，为冷寂的寒冬添一缕淡远的清香。

一阵寒风吹来，一个寒噤让飘飞的思绪收回。我在长廊中拾起一朵刚刚被吹落的花朵，轻轻地走到小姑娘身边说："小姑娘，梅花的美远远不如我们感官上的美。你看她，在喧闹中独处清寂，不争哗宠，静谧安然，于季节的深处默然心悦，用最深沉的厚度包容万物沧桑。轮回浅唱，从容向晚。"小姑娘抬头笑了笑说："叔叔，我也告诉你一个关于开州文人与梅花的故事。在唐代有一个政坛文人，名叫韦处厚，因为数次上疏进谏，得罪了权臣，被当作宰相韦贯之的同党，贬谪到开州来，以考功员外郎的身份担任开州刺史。韦处厚在开州一共工作、生活不足三年。三年间，韦处厚劝课农桑，体恤民情，发展经济，做出了杰出的贡献。被贬到开州，对他来说，本是一件极其颓废的事情，但是他却积极地面对，不仅政事出色，还在文学上取得了辉煌的成就。在开州创作的《盛山十二诗》，引得当时的政坛诗坛十余人唱和，就连当时的文学泰斗韩愈也发出'欲弃百事往而与之游'的慨叹。这也是开州第一次被推荐给当时的政治中心，却是以文人诗话般的语言介绍开州。"她笑着告诉我，这个长廊就是为了呈现当时这一文坛盛事而建设的，而且《盛山十二诗》中还有一首诗专门写开州梅溪中的梅花的诗。她带我走到刻有唐代名相韦处厚《盛山十二诗·梅豀》的碑版前，并深情地朗诵："夹岸凝清素，交枝漾浅沦。味调方荐实，腊近又先春。"

"是呀，腊近又先春。梅花开了，春天也近了！"我向小姑娘挥挥手，踏着一路梅香，向温暖走去，向春天走去……

# 雪宝山——灵动的童话

　　雪宝山的美，听了许多年，这次其实是第一次亲身领略，有相见恨晚的感觉。那一个个形制各异的山峦、一层层五彩斑斓的草甸、一叠叠水雾萦绕的瀑布，在引起视觉震撼的同时，也把心中的焦躁烦闷冲刷得干干净净。

　　水是雪宝山的魂，那五彩斑斓的水之精灵，是一种梦幻般的意境。那萦绕山脚的潺潺小溪、岩缝蹦出的汩汩山泉，水雾飞花的瀑布，这是走进雪宝山时，映入眼帘的一幅幅神奇的山水画卷，灵动飘逸。

　　灵动飘逸，非亲眼所见，真的很难相信，只能感叹上天造化的神奇。首先是水的纯净。高山岩缝蹦出的清冽，汩汩地从岩石中滤过，冲刷了一切尘埃，沉淀出溪流的透彻。再者是水的颜色。斑斓如孔雀翎羽，鲜艳如七彩宝石，阳光在其间舞蹈，迸发出细碎的亮光，便让这色彩活泼了起来。还有就是水的姿态，小滩中的沉静，瀑布中的飞扬，滩涂间的回旋，就连山顶蒸腾的水雾，也是聚散如梦，来去如幻……

此外，还有水间千姿百态的山石草木恰似盆景般的点缀，繁枝茂叶，葱葱茏茏，就连倒下的枯木朽干上也长满碧绿的苔藓和小草，仿佛生命从未停下脚步。

生命当然不会停下脚步。它不紧不慢、不慌不忙地走着。对粗心的人，它无影无踪；对有心的人，它无所不在。它寄身于气宇轩昂的崖柏，留下令人敬畏的年轮；也化形为彩蝶的翅膀，只享受一春一夏的美丽。而我们这些摩肩接踵的游人，不过是数以万年造化的匆匆过客，尽管不知疲倦地拍照、摄影，但到底能留下什么呢？连自己也说不清。

雪宝山的水，既温柔多情、精灵纯净、五彩斑斓，又纤尘不染、动静相融、刚柔相济、生生不息。当我第一次看着那种赤橙黄绿青蓝紫的梦幻色彩，我不禁怀疑自己是否真的来到了童话世界？

山有山之魂，水有水之韵。雪宝山的水生动而格外引人入胜，水与森林妙趣天成相得益彰，层次变化无穷，天然植被丰富多姿，溪流清澈见底，河水环绕山行，两岸风光旖旎。

两岸青峰峻岭倒映在水中，时而碎浪逶迤，人在水与山与树交融的画中畅游，阳光把水照得清透，人也清透，陶醉山川的好心境就在这广袤的崇山峻岭中，慢慢飘散开来。

如果说水是雪宝山的灵魂，山是雪宝山的风骨，那么那些郁郁葱葱、五色斑斓的植被便无疑是雪宝山漂亮的盛装。

放眼望去，生机盎然的蓝色和绿色同为神秘雪宝山漂亮的盛装，在雪宝山自然保护区峰峦叠嶂的山麓间，在悬崖峭壁的山顶上，大面积的稀有树种，软绵厚重的草甸星罗棋布，其植物地理成分的复杂，植被类型的完整，无不让人惊叹。钻进这茂密的森林中，你会发现这里是一个异常奇妙、丰富无比的植物世界，这个神秘的大山上究竟有多少植物，没人能说清楚，这些姹紫嫣红、千姿百态的植物，装点着这童话般的森林公园。偶尔闪现在你眼帘中一年才长 0.01 毫米的国宝级植物、世界"活化石"物种之一的崖柏，就足以让你感叹雪宝山的神奇。

当你走进这座充满神秘与梦幻色彩的森林公园时，立即会感到空气清新，心情舒畅。这是因为天然植被伸展着万千枝叶，在太阳的抚爱中，吮吸二氧化碳，释放出新鲜氧气。

也正是这些充满甜美梦幻的天然氧吧，为动物们搭建了天然乐园。五彩缤纷的天然植被，不但为这些动物提供栖息地，更源源不断地为它们供给着充足的食品养料。

雪宝山的景色四季各异，如梦如幻。日月星辰、云雾雨雪等天象景观多姿多彩。晴观日出日落，雾揽云峰雾海，雨感缠绵惬意，雨过天晴沐浴万道彩虹及佛光。

雪宝山上还有钟鼓溪、神龙溪、磨石溪，溪溪相连；响泉、鱼泉、温泉，泉泉相涌；锁口峡、关面峡、百里峡、螺蛳峡，峡峡相随；毛钱洞、芭蕉洞、红洞子、老岩洞，洞洞相嵌。

　　总之，雪宝山的水、山、溪、雨、雪、泉、峡、洞、峰、花、树、草等应有尽有，各具特色。就像一颗颗璀璨的珍珠洒落在开州西北的崇山峻岭之中。如果你是一个爱美的人，到这里一定能找到你心中完美的景象。

# 汉丰短吟

你从东汉建安的长河中驶来，千百年来，伴着血、伴着泪、伴着血痕满刀剑，凝成夔巫冠冕入碑入史。

漫漫长天，苍苍风雨，一个强悍的部族以一种特殊的呻吟方式撞击梵钟，激荡粗犷，形成强大的巴渝风，漫卷三峡茫茫沃野。那柔韧之坚硬，只有这僻处大巴山麓的巴人能读懂。

清江河水浩浩涌进，大觉炫音烟波浩渺，韦侯留诗轰动长安，两江总督名垂青史，一代军神威震寰宇，三千年的农耕文化绚丽灿烂……

银锄飞动的颤音、铁犁翻飞的水声、抬杠上岁月的足音厚重深远！

古老而高亢的劳工号子啊，奋争在你的影子里，一代又一代，使古迹上的足迹灼亮耀眼。苍劲雄浑的巴渝风，伴着悠远的劳工号子冲破古老的音韵，使历史的嗓门愈明愈亮。

渝之东北，一个丰盛的汉丰，一个文明的汉丰，一个魅力的汉丰，手握一把殷实厚重的青铜匙，打开道道斑斑锈锁，树起高高大大的形象。

古老而诱人的劳工号子哟，在时代的风潮里，豪放着诱人的强音。

# 初春的月潭公园

　　和煦阳光，温润心情，惠风拂面，怡人清新。在这个神清气爽的初春时节里，在这个难得没有俗事缠身的假日里，拽着妻女，满怀期待地前往刚刚建成的月潭公园。

　　月潭公园坐落在新城中央月潭湖畔，依山傍水而建，公园是全开放式的，其主入口在举子广场东侧，一座朴素淡雅的石质牌坊上"月潭公园"四个隽永的行书大字，在阳光映射下熠熠生辉，在牌坊的左边竖青石屏风，屏风上雕琢着山水人文画、历史人物图，在牌坊的右边立青石牌匾，牌匾上镌刻着开州籍作家熊建成先生的《月潭公园赋》，赋文细腻深刻、书法雄奇曼妙，雕刻形神皆备。

　　穿过牌坊，向公园走去。本以为游人稀疏，却不想，满目的游人从身边轻轻流动。沿着一坡大石梯笔直向上，行进而入。两旁是茂密的植被，那密实实、郁葱葱的叶子下，一嘟噜一嘟噜地挂满了各色小花，红色、紫色、黄色、粉色竞相开放，像玛瑙，似翡翠。

渐往上行，就能感受到低垂的树枝，在肩头绽开一片片绿意。穿行其中，淡淡的木叶清香萦绕身边。树叶虽没有夏日绿的清丽，却已然生机勃勃，茂密如夏。看不到严冬的无情，只感受到初春时节的温和宁静。远远就望见高处的"中山亭"，中山亭是从故城搬迁至此的文物保护单位，亭子是深红色的，火红火红的，尽管古老，却显得特别有活力。亭子下到处是悠闲的游客，不紧不慢的步伐伴着他们呢喃的话语。在这里，人人充满轻松惬意，身心无比放松，笑意灿若桃花。

拾级而上，站在中山亭里向南眺望，月潭公园的全貌就尽收眼底了。月潭依旧静谧如初，深绿的潭水清澈透亮。潭边有三三两两的老人，悠闲地坐在潭边的木椅上，温暖而恬静。淡淡的目光驻留在他们身上，想起了父亲在老家池塘边的情景：父亲悠然地坐在那里，点上一杆旱烟，脚边放一盏老鹰茶。随着烟雾缭绕，父亲的目光也沉淀下来，想着无尽的心事一般……收回思绪，转身向下前行，缓步来到潭边。

潭中有一道曲曲折折的回廊，扶手是木制的，廊桥的一端是一组短短的回廊，回廊两端各有一个亭子，中间是一段长长的走廊，亭台楼阁上挂着一串串红灯笼，傍晚灯笼亮起来，格外地喜庆，增添了一份古色古香的气氛，有点江南水乡的味道。

站在潭中的廊道向北面的小山丘望去，一片小型水帘伴着朵朵水花映入眼眸。清凉的水流不断倾泻，发出悦耳的声音，仿佛也在吟唱不朽的韵律。旁边一群嘻嘻哈哈的小孩子从身边成群掠过，目光纯净，模样可爱。有的抢着给潭中的鱼儿喂食，有的摆弄着各种姿势在打卡，有的在谈论着远方的小景。驻留其间，感受祥和的氛围。

走出廊道，继续沿着潭边走，不多远就到了公园南边的小广场。就在这个时候，有两位老人在平整的水泥地面上用特殊的笔，书写毛泽东的《沁园春·雪》，引得无数游人驻足观看，品字赏文。老人的笔是特制的，一米左右的笔杆，笔头是用海绵制成，蘸上清水，就可以在地上写字。我仔细打量，两位老人，神情怡然，不紧不慢。笔下的字，抑或清丽娟秀，抑或苍劲有力，抑或刚柔并济，抑或唯美古朴。我深深感叹，居然能用如此的方法把对书法的热爱表现得淋漓尽致。既可健身，又是环保的典范，还带来浓浓的文化气息，何乐而不为？静静观看，暗暗佩服，实在忍不住，便趁着一位老人空闲时，与他攀谈。老人说话声音温和沉稳，眼光柔和，性格开朗。与他聊聊这种写法的来源、字体的结构、字的笔画、我对他们在公园里展现书法的感受。旁边的一些人，也加入我们的聊天之中，氛围和谐，不时有轻轻的笑声飘扬……

在月潭公园短短的徜徉，带给我太多的感触，激发无限的感慨。一个城市的韵味，不是一朝一夕所能形成的，而是通过漫长时间的积累沉淀，才沉积出如此淳厚的文化氛围和底蕴。也不是任何一个城市都能如此，只有开州这样底蕴深厚的城市，才有这般浓重的诗情画意。

快要走出公园的时候，看见一个小女生坐在潭边草坪中看书，满脸的认真。愣了一下，仔细想想，在这座喧闹的城市里，月潭公园倒也算一块净土。

走出公园，我回头看了一眼月潭公园，它已经模糊了我对月潭的记忆。这个熟悉而又陌生的地方，对我来说已经赋予了新的寓意，它不再只是一个单纯游玩的场所，也不是一个能远离尘俗喧嚣的地方，而是一个象征着生机，象征着积极向上的人生态度的温馨之地。

2015年9月于竹影轩

# 盛山如歌

　　山峦上落叶飘零，丛林中繁花落尽，而城市的树木依然葱茏，汉丰湖岸绿草如茵，滨湖公园中点缀在冬青丛中的一簇簇花团毅然在冷风中摇曳着、绽放着，深红的、淡黄的、粉白的、纯白的，色彩缤纷，艳丽无比，给人以暖暖的感觉，分不清是冬还是春。

　　四季开州的魅力，永远垂青于那神秘的千年盛山。于是，我在季节寂寥枯黄的咏叹中，再一次造访了盛字山中唐代文学家唐次笔下的山和水，又一次追寻着唐代名相韦处厚在此吟咏的云和月。

　　箭步如风，似我此时的情切，心早已盘旋于盛字山的上空。渐近的距离，驻足眺望，盛字山静默眼帘，不时划过水雾的白鹤，掀起眼中的湖水，撞击心岸。

　　山不在高，有仙则名。盛山不高，传奇颇多，杜甫"挂笏看山寻盛字"的诗句无须言证，但唐开州刺史韦处厚游吟于盛山，成就《盛山十二诗》，引得盛唐诗人张籍、白居易、元稹等一大批诗人应和，唐宋八大家之首的韩愈也发出"欲弃百事往而与之游"的期盼；《唐使君盛山唱和集序》谓唐次为开州刺史十二年，与友人、部属诗歌唱和之诗，政坛文学家权德舆发出"读二陆之文，恐其卷尽。今览盛山之作有似之"的感慨。遂将唱和之诗编撰成集，名曰《盛山唱和集》，为盛山留下了重要的文化遗产，也为盛山注入了"文化魂"。

走在盛字山沧桑的石阶上，茂密的灌木，在寒峭中的山野里，枝叶相拥，经脉相连，相依相伴，透出一种可敬的自然植物的亲密和情深。

薄雾消退，冬阳渐炽，暖照盛山，层林尽染。站在绣衣石榻百年黄葛树下，早已忘却了韦处厚笔下的"苍山"与"青庙"，亦无顾及张籍的"时到绣衣人，同来石上坐"。翘首凝望，摄入视线的是绿、黄、红多种树叶织成的寒被，覆盖盛山一侧。此时，期待插上翅膀，飞上山巅，与云相绕，与天相接。

曲拐攀升，"岩观音"就在眼前，在清冷而又少香火的殿堂，我似乎看到了历代开州长官虔诚地匍匐在观音像面前，默默祈求大慈大悲的观音菩萨保佑他们心中需要保佑的人：保佑长辈福寿安康，保佑孩子体健好学，保佑朋友前程似锦，保佑百姓安居乐业，保佑年年风调雨顺。思绪中唐代文学家唐次任开州刺史所作《祭龙潭祈雨文》萦绕耳边："……鼓动雷霆，稔此蒸人……黎元鼓舞，既庆成熟，而无厉疵也。"

走出殿堂，继续向山顶攀升。上山的小径隐匿在枯枝、蓬草间。探行的脚步，轻踩铺路的松针和黄叶，如履絮被，飘飘欲飞。不时，调皮的野草、藤蔓绕膝缠腿，蛮横的树枝阻挡去路，伏卧路途的岩石，仿佛在窥视我们的行踪，这给我们攀越盛山，穿越丛林，体味大自然的真切感受，平添了无穷的乐趣。

攀径穿林刺激而欢乐，遥远的遐想也如烟而升。在这云雾缭绕、草木甘润、鸟儿啼鸣、地鼠穿梭的山径中，当年的唐次、韦处厚是否穿袍着靴款步小径呢？紧贴思绪，用心寻觅，用情感受，渺渺之中，韦处厚手抚美髯踏月而至。忽然间，惊呼声打断了千年之梦，顺朋友凝重的眼神仰望，枯藤将一棵原本枯瘦鳞剥的松树缠绕得一身烟翠，在树干的尽头摇曳着几片青针，也许这就是长宁寺中大慈僧与小南街小女子生与死于空中的盟誓。看得人辛酸，不知如何表达自己内心的感伤，如果韦处厚、唐次在此，一定能将这对生死情侣吟成千古绝唱。

绵长的小径，飘逸林中，寻觅的心音在现实与历史的长河中攀缘，希望透过斑驳的树影呈现韦侯的丝丝足迹、缕缕仙风、股股醉香，眼前就是"宿云亭"。我一时兴起，站在一块大大的石头上，兴奋地说："当年韦处厚吟诵《宿云亭》就是站在这块石头上的。"于是一手捻着胡须，一手背在背上，学着古人吟咏"雨合飞危砌，天开卷晓窗。齐平联郭柳，带绕抱城江。"朋友们也都找石头坐下，相互争着说，

"我坐的这个石头才是韦侯站过的石头"。我想，这些岩石生长于盛字山也有千万年的光阴，见证了盛山的风风雨雨，一定迎候过唐次的光顾，感受过柳公绰跳动的脉搏，目睹过韦处厚吟诗的风采。

一路上，我们在寻觅中感受，在感受中沉醉，不知不觉到达山巅。我们在阳光灿烂的笑靥中，与温柔的白云牵手，与热情的风互致问候。我抑制不住激动的心情，极目瞭望，千思百结。此时此刻，我在想当年的张籍是否真的理解了韦处厚在那个骤雨初歇的傍晚目睹开州城池的心境，不过，我倒是更喜欢张籍这首《宿云亭》："清静当深处，虚明向远开。卷帘无俗客，应只见云来。"

# 徜徉南山

　　清晨醒来，晨光曦色尽在寂寂之中，辗转难眠。忍不住穿好衣服，想出去逛逛。也许是早已厌倦了城市的喧嚣，也许是厌烦了街道的霓虹闪烁，也许是厌恶了为名熙熙、为利攘攘的人群，刚走出小区的大门，物欲洞开的空虚迎面袭来，一转念决定投奔自然的怀抱——南山。

　　盘旋而上，坎坷湿滑的小径绕来绕去，眼前的景色总是山穷水尽却又别开洞天。漫山遍野的松树和杂乱无章的野草，尽管还没有完全掩盖残冬的痕迹，但足以能够染绿我的双眼。微风徐徐，朝阳慢慢升起，晨光照在丛林上，在"碧浪"中闪烁着波光，心情为之一荡。大凡美景怡情，都需要人来分享。转身向远处望去——山下，流光溢彩、霓虹闪烁、车水马龙。我幻想沿着街道走着，倾听嘟嘟的车笛声，与摩肩接踵的人群同行，偶尔对视一笑却无言。算了，我打断自己的一厢情愿，因为这"一笑"的代价过于惨重——有的人打心底不屑这一笑，但还是掩盖着心灵深处的高傲。表演，只要有人在面前，我们就会扮演某个角色。我是这样迂腐的想法。突然间仿佛明白了这个世界没有人是一开始就喜欢孤单的，只是有时渐渐习惯而放弃了寻找旅伴的念头。

我不想用崎岖陡峭来形容南山，那会削减了它雍容含蓄的风度；我不想用余脉连天来描绘南山，那会埋没了它凛然的傲气。望着山顶的"魁星楼"，我只是觉得他有一种震撼心灵的佛性。我是不懂得佛的，我想这或许是南山在施展摄魂大法吧。

盘坐在魁星楼前的巨石上，守候着喷薄而出的太阳，身边是伸手可及的云朵，耳边仿佛是随风缥缈的魁星楼里的禅音，恍然间觉得自己是在与山对话，与佛对语。你可以清楚地看到夜神叩拜之后越退越远，它的纱衣在山峦间一波一波飘逝，于是"会当凌绝顶，一览众山小"的感觉就在荡漾中缓缓走进我的视野。

我不敢用虚妄之言描绘南山，临风而立的它没有凌驾于万物之上的暴戾，所以我称之为佛。你看那如莲花宝座般的山顶平台，分明是佛祖远游后留下的足印，那莲花瓣上闪烁的明灯分明是引渡终生的佛光，而那些四周环绕的层峦，分明是拜倒在佛祖智慧光芒下的佛陀或菩萨，或憨厚或灵秀，但都有一种神韵启迪着人们。

洗去心灵的迷茫，你会发现南山居然会在肃杀的冬季末，将生命的气息化成如烟的轻雾，拂过树木，拂过巨石，拂过翘首企盼的人群，于是，树秀了，草动了，人也闪耀着一种灵气。而太阳此刻就是使者，驱赶着希望的马车从云朵中驶了出来。我想，南山之神准是在这一瞬间在每一个膜拜人的心中播种下心田中所缺少的花朵，每个人都各得其所。

天渐渐地明亮起来，透过层层的树木，隐约可见山下高楼林立、车水马龙、熙熙攘攘。刚出门时那种物欲洞开的空虚没有了，感觉魁星楼中的梵音似乎也在神灵的牵引下，沿着那弯弯曲曲的崎岖小径，渗过那座小小的寺庙，追逐着逐渐明亮的日光，在天地间织就一张巨大的网，普惠着万物众生。

南山是座神山，每一个深深被它打动的心灵都会如此地感叹。此时，我的心底有一个声音在呢喃："如果有一天我闯荡江湖累了，便来南山。"

# 天水飞瀑

　　每一次经过大进到雪宝山，莫不对沿途的石壁山峰的巧夺天工、云雾的缥缈缭绕而恋恋不舍。百里河谷，十里画廊，可以说奇峰峻岭观不尽，云雾清溪赏不完。尤其是雨过天晴，行至天水那段险峰深谷，才知道俊朗青山虽然雄伟，却也比不过那涓涓清溪水的十足韵味，更逊于峡谷高山飞瀑那入耳的瀑声。

　　扬空观瀑，难以寻觅尽头，却让人自然而然地联想到唐代诗仙李白暮年《望庐山瀑布》中的诗句："日照香炉生紫烟，遥看瀑布挂前川。飞流直下三千尺，疑是银河落九天。"闭眼听那瀑布发出的声音，我们自然而然地会联想起明代徐霞客观看黄果树瀑布后留下的日记："……遥闻水声轰轰……复闻声如雷，余意又奇景至矣！"

　　深藏在大巴山南麓腹地的天水瀑布，犹如闺中少女无人识，加之很少有名家大咖描写这里千岩竞秀的山水风光与万壑争流的高山飞瀑，致使这十里画廊里"空濛雨雹飞"的悬山瀑布空付时光千百年，今人撩开面纱终于使人得以初识"泻雾倾烟撼撼雷，满山风雨助喧豗。争知不是青天阙，扑下银河一半来"的"天水飞瀑"。然而无论是"观瀑"还是"听瀑"都自知是临深潭只取一瓢浅饮。

其实，镶嵌在大巴山南麓的雪宝山，自古以来就是开州的一块圣地，其本身就昭示着青山绿水间蕴藏了无数的典故。刘秀追王莽的历史传说，历史文化线路秦巴古道，药茶种植远古历史……都给这高山沟壑、溪水林木赋予了神秘色彩。这些尘封了数千年的历史或许带给人以无穷的遐思，却丝毫掩不住"千岩万壑生紫烟，山在虚无缥缈间"的人间仙境。天水飞瀑之美，不单是山高谷深云蒸霞蔚，还在于山水因山势急缓顿跌的节奏和飞瀑落入溪河时的激湍多变。

雪宝山纵然奇峰怪石，坡峭崖险，林深叶茂，至多给人以雄伟深沉感；百里沟壑固然清幽深邃，云蒸霞蔚，终究也还是静若止水。唯有响彻山涧奇秀兼具的天水飞瀑，让如画的山水灵动起来。无疑，重峦叠嶂峭壁峡谷中，有清溪在曲折流淌，有飞瀑在奔涌歌唱，千姿百态的山石才有了活力，四季常青的森林也现出生机。飞瀑溅起的水雾在山间游动，像画家泼墨，使原来的山变成景，做成了一幅幅丹青、一串串跳动的音符！

正是盛夏炎热难耐的时候，我们一行几个人顶着烈日，一身暑气地向雪宝山进发。其实，谁都知道从开州城区到雪宝山景区，必须穿过百里大峡谷。事实上，从越过大进场镇那一刻起，我已经注意到盘旋曲折的山道旁那如影相随的涧溪，"哗哗"声响不绝于耳，伴随着我们一路欢歌向深山进发。

百里大峡谷，确实名不虚传，全长约百里的峡谷深藏于陡峭悬崖内，偶有古栈道悬在峭壁之上，也时有"甩甩桥"横挂于两岸之间。峡谷奇景，可以说是集雄险幽秀于一身，蕴溪、涧、滩、潭、泉、瀑于一谷。溪谷之中，弯弯曲曲，深深浅浅，时急时缓、时聚时散的清泉溪水，正是百里峡谷的自然写照。置身溪谷，耳听峡谷岸边簌簌的风声和在峡谷涧乱石奔突的"哗哗"的溪流瀑布声，犹如聆听激越有致的现代交响乐，令人振奋。近观沟壑细瀑，时舒时湍幽婉有度，激湍时则汹涌翻腾，清泉荡漾，微波细浪缓缓而下，情致恰似平铺谷底的卵石河底，颇有王维的"明月松间照，清泉石上流"的意韵；而急切穿行的河流在大如水牛、小似磨的沟壑溪涧奔突犹如脱缰的野马，遇到崖壁巨石的阻挡，则集聚千斤之力，不顾一切地冲撞而去，努力从巨石隙缝中飞泻而出，而坠入百十米的深涧，激起飞花碎玉，声如裂帛。隐隐中，不难听到鼓振耳膜的低沉轰鸣，这或许就是震荡山谷、声传数里的瀑声之源吧。

一路向北前行，及至来到天水瀑布景区，我对这响彻空谷的瀑布声又多了一番迷醉与神往。透过雾气，只见从天而降的瀑布被山腰的一块巨大的石头所挡住而撞成碎块儿，变成无数颗晶亮的小水珠和迷蒙的水雾，继而又在高高的悬崖处聚合，仿若一条白练从苍穹直挂崖底，源源不断地如织机喷吐白纱般的瀑头翻过密林遮蔽的山顶悬空而降，跌落在下面的河流之中，溅起波光闪闪的水花，犹如轰轰雷鸣之声，又仿如林涛怒吼、万马嘶鸣。

雨后的阳光下，瀑布前已经聚集了很多的游客。举目仰视，阳光筛下一道金光，洒在天水瀑布上，瀑布架起了一道壮丽的彩虹。瀑布冲击岩石生起的团团水烟飘忽在半空中，如果再往前的话，脸庞立刻能感触到那飘忽游离的烟雾很清凉，也十分湿润。这美丽的景色真是令人心旷神怡。

仰望这神奇的天水瀑布，脑海里却不自觉地萦绕着"寒入山骨吼千雷，派出银河轰万鼓""细雨弥茫千石外，惊雷怒吼两峰中"的诗句。"玉虹垂处雪花翻，四季雷声六月寒"，我在想，这就是瀑布，那数以亿计的水珠一齐落下而形成自然界奇观。不管它们是击在水里还是撞在石上，都是那么勇敢。人生也是如此，只有你勇往直前，努力去拼搏，就像眼前的瀑布一样从那千百米高的山顶纵身跳下，才能体会到在岩石上撞击绽开之后的快乐与美丽，才能像阳光照耀着的水雾一样放射出耀眼光芒。

继续前行，我在泉水叮咚与飞扬的瀑声中思索着……

# "仙女洞" 寻踪

　　温泉多山，绿色的怀抱一层层将古镇捧在中间，即使这些峰峦陡峭无法攀爬，造物主却也还是不时在不同地方播下奇迹。重峦叠嶂的山峰岩石内，分布着大大小小十八个溶洞。尤以仙女洞最为壮观，飞漱其间的水泉与滴答作响的水珠本是至柔之物，却共同塑造出了奇特的自然景观，堪称鬼斧神工。色彩缤纷而且形象各异的钟乳石石像、石柱、石床、石幔、石瀑、石禽、石兽、石佛、石道、石蘑菇、石梯田，构成了岩溶艺术的万般奇景。

　　早年，我曾经熟读过唐代诗人杜光庭的《录异记》，这是目前我见到过最早记录温泉仙女洞的文字了。杜光庭是唐代诗人，唐末五代时期的高道，精通儒、道典籍。杜光庭是何时到过开州，因何到开州，遍查诸典却无从而知。从《录异记》中对温泉仙女洞的描述可以判定杜光庭的确游历过温泉仙女洞。至于何时到过开州，从杜光庭的生平来推断，他应该是在唐末五代时期来到开州的。因为杜光庭在乾德五年

（967）后隐于四川青城山白云溪。杜光庭因何到开州，不得而知，但从他隐居青城山时常常四处实地调查道教情况来推断，他到开州大概也是与开州的道教有关吧，因为仙女洞上方在汉唐时有道观。

夏天的一个清晨，我来到温泉古镇寻踪杜光庭《录异记》中的溶洞奇观。从温泉古镇河东街拾级而上至洞前，两旁十余株百年巨榕夹道，虽暑日亭午，亦感阴凉。及至洞前的半月台，洞四周修有围墙，青石山门，飞檐门楼，洞门额上"仙女洞"三字为邑人盛德伟所书，笔墨饱满、遒劲有力。大门门联"造化神奇竟有洞天悬日月，自然深邃谁能穷底识乾坤"字亦为盛德伟所书，其实这副对联在山门上已经是挂反了位置的，不符合联律的规则，这是题外话。

《录异记》载："在北山上，麟德间，因雷雨震霹，山脚摧裂，洞门自开。"因此，这个溶洞早先叫作"雷洞"，因《录异记》描述的洞内景象灵异，又称"灵洞"。清乾隆至咸丰年间，在当地流传洞中有仙女为贫苦盐工、船工做鞋的故事，始称"仙女洞"，为溶洞的神奇平添了一份神秘。

走进洞门，洞口外的建筑系清宣统三年（1911）时重修。门楼内是戏楼，斗拱式木质结构，楼额有巨匾，刻"众仙同日咏霓裳"，戏楼两旁柱上对联为"径直达桃源渡口，家居在安乐窝中"。其书法皆是清末蜀中书法大家彭云实所书，彭云实亦名彭聚星。

越过外洞向内洞行进，一股寒气迎面扑来。"当门有石钟，自然成形，如数千斤，钟大悬身，去地二尺许，外像钟而中实，叩之无声。"《录异记》中描述的这个石钟依然矗立在那里，只是这个石钟经过千百年的生长，早已与地面相连了，"去地二尺许"早已不现。

"门两壁有石，如金刚力士之形者数人。"在这石钟处，环视两侧，杜光庭笔下的这一景象似乎已经不复存在了，取而代之的是仙女曾经睡过的"香床"、柔柔曼曼的"罗帐"、精致的"梳妆台"和壁下清澈见底的"浴池"。微微移动脚步，高处有石台，寄于石崖之上，灵气内敛，石色浑然，恰似紫色灵芝数盏。

"行二三丈，稍阔，有石碑，巨龟负之。碑侧有石屏，上与顶相连，下有一穴，侧身可入，一二丈许，自是广阔，中有路径，平坦与常无异。"沿着《录异记》提示，继续向前行进十来米，确有一扁形乳石，天地相连，说它是石碑也不为过，下面的底座已经找不到龟的形状了。这个石碑，在我看来应该是一个石壁，石壁下的圆形乳石，就仿佛跪在石壁前的一个贼。我在想这个贼是不是就是那个见了仙女而起色心的人，被玉皇大帝罚跪在这里面壁思过？

侧身向前，文中描绘的广阔之地依然在线，从相连的石柱走过，柱面光滑微润，触手冰凉，两壁的钟乳仿佛就是仙女在此种下的香喷喷的"石玉米"，肥硕圆润的"石蘑菇"，还有白纱缥缈的"马兰花"，把鼻子凑过去，似乎闻到了一阵阵花香！还有被花香引来的"孔雀开屏"，换一个角度，这个孔雀的头部又变成了一位托着下巴沉思的老人，这就是"一石二景"的传奇，与之争锋的是"天针对地针"的乳石，其实这个天地之针还蕴藏着一段仙女补衣做鞋的爱情故事，根据这个传说故事，我们现在的年轻人给这个石头取了一个有趣的名字叫作"海豚之吻"……

"罗列众形，龙鳞鸾鹤，颓云巍山，如林如柱，似动似跃，乍飞乍顾，千形万态，不可殚记。"继续向上前行，《录异记》中描述的景象已然就在眼前。在这千奇百态的石头王国，有许多形态各异的石头，有的像观音送子，有的像八仙过海，有的如一只只石禽、石兽、石佛，惟妙惟肖，形象逼真。看那只兔子就像活了一样，静静地蹲在那里，守护着自己的家。晶莹透亮的石花、石果、石蘑菇、石葡萄令人垂涎欲滴，犹如进入了仙境……尤以让人瞩目的是石壁上的一尊佛像，端坐其间，仿佛在向众生传经布道，我不由得双手合十，祈求风调雨顺、国泰民安。

"坡上有巨堂，四壁平净，中高数丈，壁上皆有游山之人题记年月。"往洞深处走，一块巨大的平地，犹如一间宽大的礼堂，抬头望洞顶，一牙弯弯的月儿伴着闪烁的星光，空旷而深邃。这就是所谓的"月亮石"，是洞顶自然形成的山缝，缝的形状似月似星，洞外的日光透过缝隙照射到漆黑的溶洞里，形成浩瀚星辰的奇异景象。

"堂之极处，曲角有一穴，高四五尺，广三四尺，去下丈余，跻攀莫及。相传云：昔有游人攀援而入，累月之后，出于巫山洞中，自后无敢复入者。"的确，在堂之极处，犹如水帘洞一般的景致存在。看，石壁上的孙悟空和骑着"白龙马"的唐僧正在拜见观音，还有"太白金星"正忙着去捡济公和尚丢下的"济公帽"，王母娘娘开蟠桃会里的水果"绣花盘"静静地摆在那里。深不见底的洞穴旁敲敲就如钟声的"钟石"，摸摸就能长命百岁的"长寿龟"，碰碰就能丰衣足食的"粮仓"，还有那个可望不可即的"九层楼"和杜光庭留给我们的攀缘入洞而累月从巫山出的传奇故事……

仙女洞之奇，不只在于乳石的自然精美，也不只在杜光庭笔下的琳琅奇异，也不只在游人眼中景观与人文传说。儒家的进取，道家的无为，佛家的慈悲，都能在里面找到自己的栖息之地。那些感悟因人而异，悟在心中，只不过溶洞的天然给了我们一把浑然天成的钥匙。

奇观，奇在人心，观在自在。

# 乡语如梦

时光如梦万般景

岁序成风千古萦

潋滟清辉携画榭

乡关何处不留情

# 无法割舍的故乡情愫

　　我的故乡是一个地图上根本找不到的偏僻小山村——刘家梁。贫瘠、偏僻、荒漠几乎就是她的代名词。然而她那份婉约、祥和、宁静却让我深深地眷恋，多少年来深深地吸引着我，难以割舍。

　　记得上一次踏上故乡的青石板路是在一个烟雨蒙蒙的夜晚，清冷的夜色、摇曳的烛火在细雨中扑朔迷离，我正想尽情地感受这么多年我寻寻觅觅的梦中田园，却被突如其来的公干叫了回去，连村子都没有进。于是，这一次与故土的相拥成了我心中念念不忘的遐思。

　　这一次我和家人一起又一次踏上了这熟悉的青石板路，还是一个夜晚，不同的是一个冬雪映照的月夜。不用指引，光滑的青石板上儿时的印迹，很容易便引领我们进入村子里那条蜿蜒小道。

　　皎洁的月光映衬着屋顶墙角的皑皑白雪，在这纯洁古朴的白色中，却有道不一样的色彩闪过梦际。为了悉心寻找那一闪而过的亮色，一扫白天赶路的倦怠，我要用最最灿烂的激情来拥抱生活所赐予我的美好，猛扑向雪地。儿时和小伙伴裹着厚厚的破棉袄在雪中的场景一一展现在眼前：嬉戏追逐的雪仗、堆砌得比自己还高的雪人、冻得通红的小手悄悄地伸进同伴的后背、搓一个圆圆的小雪球偷偷地放进小女孩的衣兜里……于是，宁静的小山村里满载着笑声和欢乐。

然而小山村没来得及让我振臂高呼，就用它柔软的寂静平复了我的欢欣雀跃，使我很快便安静下来默默地感受它的细致。这里的生活节拍一如既往，月光下的小山村透着它独有的安详气息，淡淡地洒落在青石板路上，也洒落在皑皑的雪绒之中，懒懒的。

踏进院子的那一瞬间，几乎可以用"激动"来形容我的心情，这熟悉的景致、熟悉的味道、熟悉的招呼声都是那么的亲切、那么的温情。

早已迎候在院子里的亲人和儿时的伙伴，见到我们一下子就打破了山村原有的宁静，进屋围坐在早已生得旺旺的火堆旁，拉家常、话往事……不一会儿，一桌美美的饭菜就上到桌上了，儿时的朋友端起酒杯告诉我："没啥好说的，我们的一切情分就在这浓浓的酒香中，碰杯！干！"我被亲人的热情包裹着，不知不觉醉了……

阳光偷偷地溜进小屋，将我从睡梦中唤醒。我已经分不清是第二天的上午还是下午了，堂妹上楼来告诉我该吃午饭了，我才感觉已经睡过了头。吃过午饭，躺了一会又起来蒙蒙眬眬地倚在熟悉的阳台上，面前飘动的依旧是这片安静的竹林，仿佛数百年的岁月从没有在它身上写下痕迹，雪融后粼粼的绿波在光线中显得耀眼却又柔和。同一片竹林，不同的竹子；同一个我，不同的心境。心中装下的，依然还是宁静。就这样慵懒地靠在阳台的竹凉椅上，眼看着头顶那轮圆圆亮亮的光圈慢慢向西移去，直到玫瑰色的云彩在天空尽头渐渐晕开，暮色温柔地将我裹住。

故乡的每时每刻总是令人带着薄薄的醉意，亲人们用她的香甜缠绕着"欢喜头"①的松脆，轻轻触及唇齿之间，不尽的细糯与四溢的芬芳流传开来，悱恻于舌尖，缠绵于心底。就这样沉溺在与它的厮磨之中，丝毫没有察觉身上的脂肪正与我的身体亲密结合，待我觉醒，它们已经许下最美丽的盟誓，从此不愿分离了。

日复一日缓慢而闲适的节奏，从和煦的日光到皎洁的月色，从轻拂的微风到闪烁的星子，故乡的老人便是这般悠然地度过了一个又一个春秋，见证了一季又一季的枯荣。光阴在他们脸上刻画下深深的纹路，却让我从眉目间读取到了温暖的神色，使我为之动容。于是，我放慢了行程谛听这隐于心底的宁静。

故乡，我无法割舍的情愫，在最美的梦中，也在醉梦的美中。

---

① 家乡的一种小吃。

# 迷人的花盐井

　　花盐井位于开州区九龙山镇内，是一个并不知名的风景地。此地因产盐且岩石凹凸酷似朵朵盛开的鲜花而得名。漫步在花盐井景区，首先映入你眼帘的是崇山峻岭之上茂密的森林，它们像亭亭玉立的少女屹立在半山腰，用笑脸迎接着八方宾客；又像是英姿飒爽的哨兵屹立在山中，用威严守卫着这方净土。

　　慢慢的慢慢的，清澈见底的河水融入你的视线，这就是映阳河流域支流——撮瓢河，河水似从高山峡谷流出，看着喧嚣奔腾的河水不由得让你的心跟着激动起来。随着河边踏得溜光的石板路前行，逐渐地你会发现河水变得缓慢，不知什么时候突然变了颜色，刚才还是清澈见底的河水现在似乎成了墨绿色，是谁偷偷给河水添加了颜料？那是什么绿？草绿？国防绿？纵然你的词语很丰富，此刻却让你一时找不出个合适的词语来形容眼前的河水，一种别样的绿，一种别样的清。远望着墨绿的河水，不由得让人想跳进河水里，去零距离接触一下这别样的河水。

　　沿着河岸边的石板小道一边走一边看，墨绿色的河水静静地流淌着，随着你的徒步前行，你会发现你被越来越多的高耸入云霄的落叶林包围起来，有一种步入原始森林的感觉。不过无论怎样也没有害怕的感觉，旁边那温柔而静静流淌的河水相伴成行。细细品赏，河水的形状似一根玉带，轻轻地束在开州人文之山脉——九龙山的腰上，让你不得不惊叹花盐井中河水的神奇。

　　正当你静静地和河水背道前行的时候，只听前方传来了轰隆轰隆的水撞击岩石的声响，原来平静缓慢的河中突然咆哮起来，水花四溅，墨绿而清澈的溪水顷刻间变为了白色。循声望去，一道数十米高和宽的飞瀑呈现在眼前。脑海中顷刻闪现出李白著名的《望庐山瀑布》："西登香炉峰，南见瀑布水。挂流三百丈，喷壑数十里。欻如飞电来，隐若白虹起。初惊河汉落，半洒云天里。仰观势转雄，壮哉造化功！海风吹不断，江月照还空。空中乱潈射，左右洗青壁。飞珠散轻霞，流沫沸穹石。而我乐名山，对之心益闲。无论漱琼液，且得洗尘颜。且谐宿所好，永愿辞人间。"虽然这里没有庐山瀑布"飞流直下三千尺"的壮观，但足可以激起你的万般激情来。喷薄的水瀑、飞溅的水花、轻舞的水雾，映衬着河岸被岁月冲刷得残枝枯根，似乎像正在开屏的孔雀，又像是正要展翅飞翔的雄鹰。此刻，就算你天生不是一个艺术家，你也不由得被眼前的景色所折服，不得不展开你艺术想象的翅膀，不由得想和这些少见的天然根雕合个影。

　　此刻，你糊涂了，不由地让你遐想，难道平静的河水竟有那么大的冲刷力，竟然能把岸边一棵棵直插云霄的落叶松击倒？也许，这就是落叶松自然生命的轮回，生于斯长于斯葬于斯。这些倒下的落叶松有的弯腰，有的后仰，有的好似给平静的河道架起了一道弓形桥梁，你会不由自主地感叹大自然的神奇，感叹花盐井中河水的神奇。

当我们正在感叹这造化的神奇，一个山村姑娘路过这里，她那俊俏的脸蛋，白皙的皮肤，天真轻灵的脚步，煞是又一道亮丽的风景。不由让我们随行的同伴驻足，有意无意地和她搭讪起来。这个姑娘很热情。我从她的谈吐中知道，这道瀑布是人工瀑布，上面是一个很大很大的水库，这个坝当地的人把它叫作调节坝。要想领略花盐井的风光全景，就得上到那个水库大坝边。站在高高的大坝旁，四周是漫山遍野的落叶林、塔形落叶松、秀丽的冷杉等高山植被，远远地望去，花盐井的河水就像一条绿色的丝带飘逸在少女的脖颈上，还可以依稀听到盐井旁那个响洞子中沉闷的鼓声。间或遇到一老者还可以向你娓娓道来"打开花盐井，饿死云阳人"的传奇故事。

姑娘还告诉我们，细雨天来花盐井是别有一番风味，在这里，细雨时，雨水细得像一根根银丝，又像是针尖，但就是这样的小雨也足可以打湿你的衣襟，雨后气温骤降，于是刚刚还是穿着一件薄衫或半袖的你禁不住要找一些厚重的衣服，雨后的花盐井温度低得由单衣改穿棉衣绝不足为奇。雨水就这样丝丝地下着，等到雨丝消失，你会发现奇迹出现了，不知道从哪里飘来了一团团的雾气，雾气笼罩在半山腰，又像是漂浮在河水上，这时候你会感受到一阵阵的朦胧，这才真正是人间的仙境，依山傍水，雾气蒙蒙，仿佛置身于天堂。花盐井的雾并不是很多，如果你赶上了雨天雾天，你真是一个幸运儿，可以好好饱一下眼福。

花盐井很美，它的山美、树美、水美、人更美。这一切我们似乎都领略了。

我们沿着姑娘指明的小路向调节坝走去，去体验姑娘说的花盐井游最佳选择地。

登上大坝需要走完大约一公里的石级小道，不过你放心，小道多处还残存石阶，可以让你感受到这个千百年前的古道韵味。尽管陡峭，但很有人文气息。

碧绿色的湖水安静极了，静得让你听不到一丝的风尘，似像来到了人间仙境。湖水被天然祖母绿包裹着，分不清山野与湖面的交接点，仿佛就是一道绿色的屏障在眼前。在大坝上找个地方坐下来，在这里，你可以静静地想你的心事，湖水决不会泛起层层的波浪来打扰你的思绪。

花盐井很美很神秘，一种自然美，一种善良美，一种和谐美，一种安静美。暮色慢慢逼近，花盐井安静极了，静得让你直感觉偌大的山林就你一个人，这里没有城市的喧嚣，没有乡村里鸡鸣狗欢的叫喊，没有市场上吵闹的叫卖，仿佛整个人就被这寂静吞没，这里安静得可怕，坐在水边静静地感受白昼游览花盐井带给你的这份疲劳，一份城市少有的安静生活。

# 老屋·老井·老树

曾经的热闹，已随风飘散了……我踮起脚尖，用轮回的手，摘住逝去的岁月，把往事召回。

——题记

奔跑在岁月的长河里，经历繁华，走过沧桑，无数记忆中的过往，我唯独深记的是故乡的那老屋、老井、老枫树。多年在记忆中不曾褪去，深深地烙印在脑海中，几乎占据了回忆里的所有。

老屋如同是记忆的风筝，定格在多年前的那个秋天。几十年来，老屋后的老枫树、老井，以及房前屋后飞来蹦去的小麻雀，陪着老屋慢慢变老。"自古逢秋悲寂寥，我言秋日胜春朝。"那些曾温暖我们的记忆，依稀可辨的欢笑，伴随着老屋青砖灰瓦上的青苔，一遍一遍地重复着昨天的故事。那灶台上的尘土、窗栏上的烟迹、屋脊上的蕨苔，承载着父辈的梦想与沧桑。

儿时的记忆中，老屋是一个三合院，掩映在一片郁郁葱葱的竹林之中。郁郁苍苍，重重叠叠，茂密的枝叶犹如一顶碧绿色的华盖，遮住了太阳、白云、蓝天，给老屋投下一片阴凉。

老屋后面的竹林是美丽的。春日的清晨，阳光亲切地抚摸着竹林，那一颗颗晶莹透亮的露珠，仿佛是一只只美丽的眼睛。夏日的中午，是竹林最热闹的时候：可爱的金龟子婉转地哼着小调；蟋蟀竖起薄薄的羽翅，发出高亢的美声；蚂蚁身着油黑发亮的礼服，爬上高节的竹竿，翩翩起舞……竹林也跟着节奏，轻轻摇摆，不时发出"沙沙"的响声，构成一首美妙的夏日乡间交响曲。秋日的夜晚，皎洁的明月映照竹林，竹枝与风儿争抢着这柔美清幽的月光，洒下一屋月光、竹影。时至今日，我"竹影居主"的名号和"竹影居"的斋名，皆源于此。

走出老屋的柴门，相距不到十米的位置就是老井。老井什么时候建的，不得而知，我也曾经问过我的父亲，他也没有说出具体的时间。老井是个方形，长度丈余，井深大约五尺有余，井壁全用方正的青石条砌成。由于年长日久，井壁上部的青石条上长满墨绿色的青苔。井台上，全是由青石条砌成，这口水井，无论多大的雨，也没有见井水溢出过，无论多干旱，也没有见井水干枯过，也没有看见过村民取水时洒泼在井台上的水回流进水井中。小的时候一直没有弄明白这是为什么。长大后，才明白因为后山高处有大片大片的水田，也有好几口水塘，地下水十分丰富，因此水井不会干枯。在水井的建设中，井口设有溢出富余水的排水系统，因此无论怎样都不会溢出井口。同时井口是倾斜的，且条石间有一定的缝隙，村民打水时洒泼出来的水也不会回流到老井中。真是不得不佩服先人的智慧。

老屋的老井是清幽而古朴的，清澈的井水一眼见底。晴天时，阳光偶尔穿透枫叶和竹叶的缝隙，洒在平静如镜的古井中，随着摇曳的竹叶，水面会闪着一个个亮点，一个个亮点在枝叶的摇逸中忽隐忽现，像一个个小精灵。而大多数时候犹如一面镜子，白天流过天上的云朵，夜里数过银河的星星，多少年来，老枫树倒映在老井中，依偎着，相拥着。老井仿佛在用它穿透时空的眼，注视着老屋里那个古老而悠长的岁月，用它清洌的甘泉和一栖的浓荫给老屋增添着凉意，添着灵异之气。

在夏天，大枫树下乘凉的老人、嬉戏的孩童、路过老井的村民都会时不时地走到井边，舀上一瓢水，"咕咚咕咚"地灌进肚子里。直到清凉、甘洌的井水把肚子灌得圆溜溜的后，他们才会甘心，才会觉得有精气神，才会一身舒畅，一脸满足地离开。

老井与老枫树之间由一条条窄窄的石梯连接着，石梯短、窄、陡，石梯的尽头是一个方圆见丈的平坝，一棵高大的大枫树，大概有两个人合围那么粗，老人们都叫它"枫香树"。枫树估计也是上百年的产物，很老、很沧桑，但是长得枝繁叶茂。树上的枝丫遒劲有力，如同一根根的扇骨支撑着婆娑的枫叶，向四面伸出，给人撑起一片浓荫。

老枫树既像一位宽厚仁慈的老人，更像是老屋的守护神。用它最朴实、最忠诚的个性，守护着老井，守护着老屋，守护着老屋里的人。从小就生活在老枫树下、老井旁，所以老屋、老枫树、老井于我印象最深，我对它们也有着浓厚的感情。可以说这里收藏了我童年的天真、少年的拼搏、青年的理想、而今的牵挂。

在我年少的记忆中，老枫树的周围总是围着嬉戏的孩童、聊天的老人、做着针线活的村妇，还有老枫树上跳着、唱着的成群小鸟。

老枫树下、竹林深处是我和我的小伙伴们童年的天堂。春天里，我和小伙伴把竹林中冒出来的各类野草当成我们种的蔬菜，摘下来在老枫树下过家家；夏天里，我们更多的是玩捉迷藏——在这么大一片茂密的竹林里，要想找到藏起来的小伙伴，那可需要很大的本事。有时候，小伙伴也把在学校学来的最新游戏拿出来炫耀一番，然后教大家一起玩。记得有一次大人们都不在家，我们几个小伙伴各自砍下一节竹杖当武器，学着警察抓坏人，我就守住一个交通要道，严阵以待，等着"坏人"自投罗网。可是，"坏人"还没逮着，却出现一个不速之客——一条大大的乌梢蛇，吓得我哇哇大叫，听到叫声，刚回到家的大人们立即跑出来问怎么了，听我说了，大人们拿起家伙四处寻找，一举将其拿下，当天晚上我们就喝上了美美的蛇肉汤。到了冬天，这里都会下很厚的雪，我和小伙伴就相约打雪仗。到了大枫树下，抓把积雪揉成雪球，边喊边对准小伙伴就扔了过去，自己却躲避着他们的猛烈"攻击"。"战斗"也越来越精彩，但是，没过多久，我们就被稍微大点的小伙伴打得落花流水、抱头鼠窜。在大家的笑声中举起双手，于是大伙便把手中的雪球扔上天空，相互碰撞后，犹如一朵朵银色的花朵在空中溅开。

我和小伙伴除了在老枫树下、竹林深处躲猫猫、捉迷藏、打竹仗，还时不时地爬上高高的大枫树，掏鸟窝、盗鸟蛋，用鸟蛋你砸我一下，我砸你一下。时而又围坐在老人们身旁，瞪着圆圆的大眼睛，安静地听老人讲"喜乐神""林贵福"的故事。

童年的时光，大竹林、老枫树、古水井与老屋结交成一道无法斩断的情怀。相连的碎片，都是儿时的活泼弄影、欢乐过和忧伤过的碎念。

老屋在小伙伴们的记忆里是热闹的。"喔喔喔——"一声长长的鸡鸣声，将老屋那朦胧的面纱掀开了。柴房里燃烧的爆竹声、阶沿上磨钩的"啪嗒啪嗒"声、老井中水桶拍打水面的声音、村民们见面打招呼的声音，与鸡鸣声、犬吠声混在一起，构成一首原始、古朴的乡村交响曲，一幅质朴真实的乡村生活画卷映入眼帘。太阳冉冉升起，枫树下、井台上洒满欢乐，伴随着老屋上空升起的缕缕炊烟，院子里也逐渐安静下来了，开启老屋一天忙碌的生活。

老屋在我的记忆里是美好的。放学回家，轻轻迈进老屋的门槛之后，闻见母亲早已为自己做好的饭菜；月夜里，在昏暗的煤油灯下，搭条凳子独自完成所有的作业；晨起的阳光从老屋的窗子照进来，疾驰地赶往学堂的样子……至今，老屋仍在，记忆在光影斑驳中、在古朴的风韵中酝酿着岁月的涩涩浓浓。

老屋于我更是有着难以叙述的情感独白，镌刻着记忆里的画片：刻画着父亲在风雨中打拼的艰辛，刻画着母亲在家的孝顺与贤惠，刻画着我少年时光的欢乐与求索……父亲在艰苦的人生道路上的坚强和执着，成为我一生里最真实的参照；母亲在缥缈的风雨中的坚韧与无私，指引我人生的正确道路和生命真谛。

离开老屋生活在小城中已经很多年了，淡忘了许多的人和事，但老屋的大竹林、老枫树、老水井，老枫树下的嬉戏、老井台上的欢笑、大竹林中的游戏……就像老父亲抬眼张望的双眼，老母亲送儿走的泪水，时刻烙印在我的心中，挥之不去。

由于工作的原因，接触的村落比较多，老树、古井、老屋似乎就是老村落的标配。只要有老屋，就伴随有老树、老井。我在想"一方水土养一方人"的生存理念，大概就是来源于此吧。要不怎么会有"背井离乡"一词呢？

如今，老家的村民早已不用老屋后面的老井中里的水了，家家户户都安装了自来水，只需龙头一拧，清冽的水流就会顺着水管喷涌而出。老井尽管完成了它的使命，但还是倔强地在那里生存着。旁边的老枫树依然亘古不变地屹立在那里，深深地扎根在老家的泥土中。唯一不复存在了的是昔日井台上挑着水桶的人们，有的已经作古，有的蜗居他乡。井台上人们的笑声，早已被岁月的风吹散，孩童时的玩伴、讲故事的老人只能成为我不尽的思念、时刻的惦念。他们永远只能成为我的记忆，成为我这一辈家乡人的记忆。

我时常在想，没有古井的老屋，会不会少点什么？没有古树的老屋，还会叫老屋吗？井和树真的是我思念家乡的一根丝线吗？井和树的概念真的就是一种乡情、一种亲情吗？

其实，老屋是一种精神的信仰，是岁月变迁、光影流动、时光斑驳的镌刻，是心的归宿，是心中最温馨的港湾。它如同一个时光宝盒，里面装着我所有的过往，成长路上的欢颜笑语：幼年的快乐、童年的懵懂、少年的磕磕碰碰，以及青年跌倒过又爬起来的样子。老屋是生命里的一首歌，它唱给岁月的，是坚强。老屋是岁月苍老中的一本经书，诵读着我多年来的脆弱和坚强。

# 记忆啸洞子

　　故土难离是炎黄子孙普遍存在的恋故情结，无论你走得有多远，也无论你走多久，心中总有一个地方让你牵挂，让你难以忘却，那便是故乡。

　　我的故乡在九龙山一个偏僻而贫穷的小山村，如今再回到故乡已不是"物是人非"的感觉，而是"人非物亦非"的感受。但是关于自己的童年和家乡的过去，仍有许多东西清晰地留在记忆里，"啸洞子"便是其中之一。

　　啸洞子其实就是我故乡常见的普通岩洞，只是啸洞子比一般的岩洞大而已。洞口高三四米，宽约五十米，洞口的上方是几十丈高的悬崖，洞口下方十余米处有一条小河——映阳河支流，四周是茂密的丛林。在洞口对面的崖壁上有两处崖居，相传是过去当地的地主老财修建的，主要是防止兵匪烧杀抢掠。主洞究竟有多深，我们这些无数次进洞玩耍过的小孩子并不清楚，我们从来没有进到洞子的最里面去，因为这个洞子的中间有很大一个水洞，深不可测。要到洞子里面去，必须趟过这个深不可测的水洞子，自我记事以来，还没有哪一个有勇气蹚过这个水洞子进到里面去。小的时候听老人讲，进到了洞子里面，就可以从很远的另一个山头出来。是真是假，没有人去考证过。但啸洞子在附近的十里八乡之所以有名，不是因为它有多深远，而主要是因为啸洞子的风和啸洞子的水。

啸洞子的风。啸洞子之所以被叫作"啸洞子"，顾名思义，就因为洞里有啸声吹出。在炎热的夏天，只要走到洞口，就会明显地感觉到从洞里吹出来的凉风，在洞口稍停片刻，便觉神清气爽，酷暑立消。静下心来，仔细聆听，会发觉洞口的风带着音乐声，凝神静气会发现这风声如啸声夹着冰泉之气，忽如海浪层层推进，忽如雪花阵阵纷飞，忽如深夜银河静静流淌……那么和缓、悠幽，若虚若幻，清耳悦心。

洞口很大也很开阔，一条蜿蜒曲折的小路，若隐若现地通向岩洞上面的四合场。于是夏天的啸洞子就成了一个装有"天然空调"的活动中心，是当地人乘凉聚会的好去处，尤其成了孩子们的乐园。来这里的人有男有女，有老有少，有场上的人，也有赶场过路的人，他们或就地找块石头坐下，或席地而坐，有的甚至干脆躺在石板或草丛上。有的人来这里就为乘凉摆龙门阵，有的人则边乘凉边做些手工活，如妇女们或纳鞋底，或搓麻绳等，男人们则叼着叶子烟，或坐或躺或蹲，形态各异。歇够的人各自离去，新来的又继续歇着，继续摆着龙门阵，继续做着手工活……此情此景，虽然未达到桃花源那般"不知有汉"的境界，时人却也真是怡然自得。小孩子们没有大人们闲得住，在这里游玩嬉戏，不亦乐乎。

印象最深的就是和小伙伴们用一根长木棒，套上一个细树枝或竹篾做成的圆圈，再粘上一些蜘蛛网，然后拿住它小心翼翼地往树上伸，一个知了就被粘住了。还会用同样的方法抓蝴蝶和蜻蜓。还有的时候，一大群孩子利用周边的草丛捉迷藏、打仗……也偶尔偷偷地到附近地里去偷玉米、黄豆来烧着吃。

至于啸洞子里的水，则比它的风更有名，可以说水才使啸洞子具有了生命和灵性，不知道是水滋润啸洞子还是啸洞子滋养了水。啸洞子的水有两个方面让人难以忘怀，一是洞子里面的水，一是洞子下方小河里的水。

在洞里面，有很大一个水洞子，常年水位的高度都是一样的，无论冬天还是夏天，都是同样的水位，平静得像一面镜子，看不见色彩，看不见流动，但将水用木桶打上来才发现，这里的水清洌洌的，冬暖夏凉，水质奇好，没有一点杂质，甘甜可口，可直接饮用。当地人很奇怪，洞里面看不到水的流动，也看不到水的来源，仿佛就是一潭死水，可是里面的水为什么不腐呢，为什么不退不溢呢，迄今为止，也没有人弄明白其中的原委。

洞子下面不远处是一条小河，说深不深，说浅不浅，由山泉汇集而成。窄的地方，潺潺作响，搭上几块石头，便可涉足越过；宽的地方，像一泓深潭，晶莹碧透，清澈见底，两岸树木婆娑，绿草如茵。在洞口望着这小河，画一般，堤上，小草密密匝匝，在阳光下争绿斗艳；岸边，一棵棵松柏排成行，伟岸的身躯倒映在明镜似的河面上；水中，小鱼成群，有的轻游，有的蹦跳，有的贴在河底，一动也不动；河面上，燕子飞来飞去，唧唧地叫个不停，还不时地用翅膀拍打着水面。

这条小河具有狂野和娴静两重性格。每当滂沱大雨之后，山洪猛发，四处的山水汇集在小河中，顿时，它像一群疯狂奔腾的野马，万千只飞蹄击出隆隆涛声，以不可阻挡之势奔向映阳河。但是如果晴上两天，洪水马上消退，小河像被海绵吸尽污垢，显出一泓清碧。浅滩上的流水净似琉璃白玉，露出浅黄或淡绿的水底卵石，每隔百十米就有个激流冲刷出的碧绿水潭。远远望去，像条银带缀着颗颗深绿色的宝石。

这条小河的水，味道甘甜，清热解暑。赶场过路的人在洞口乘凉歇气时，渴了便来到水边，或用手捧起凉水来喝，或干脆趴在水边的石板上牛饮一通，凡喝过这水的人，无不称赞这水清凉好喝。而这日常小溪流更是孩子们夏天嬉戏玩耍的好去处，在我上小学的时候，就经常邀约一大群小伙伴在小溪里捉螃蟹，抓鱼虾，打水仗……啸洞子的水给我们的童年生活增添了无穷的乐趣。

　　三十多年过去，啸洞子依然还在那里，但与啸洞子有关的一切却发生了巨大的变化：洞口通向场上的小路早已掩映在杂草中，很难寻觅，也许不久的将来要找到这条小路都很艰难；场镇上木质结构的老房子早也变成了小洋楼；啸洞子的风依然凉爽，可乘凉的人却没有了，因为村里的青壮年为了生存而或到城里或到外乡打工，当然也就很难再觅当年那桃源般的景致；啸洞子的水依然清澈，但已经没有路人去品尝了，因为下游修建了天白水库——用于解决下游城镇的饮水、灌溉问题，同时也用于发电。虽然这水可以供更多的人饮用，发挥了更大的作用，但这水对不同的人却有着不同意义。

　　逝者如斯，过去的啸洞子只有在记忆里去找寻，很难想象，再过30年，今天的啸洞子又将给人们留下怎样的记忆呢？

# 五宝山行

　　抛去城市生活的喧嚣，放松一周的紧张与忙碌，星期日一大早我和妻决定回趟老家——九龙山，享受大自然带给我们的恬淡与宁静！

　　车子一路盘旋而上，沿途山峰突兀翠绿，平静幽深，在初夏的晨风中轻轻震颤。偶尔一声喇叭撕裂天空，深远而空旷，加深了清晨的静谧与清凉。

　　几番迂回曲折，一座座山峰遥遥在望，"峰峦联崎，势相起伏"，在晨光中依次羞怯地露出它们秀丽、清新的容颜。晨风送爽，山崖上有杜鹃舞动，先是一点点的火星在跳跃，接着一团团的火苗簇拥着、推挤着，呼啦啦地向山峰蔓延而去，燃成了九龙山的熊熊火光。我想，这些映山红或许就是我们祖先刀耕围猎时代遗留下来的火种，烧红了鹞子岩，烧红了郭家岩，最后映红了九龙山的花草和树木，映红了九龙山的这一片沃土和天空。

　　九龙山的每一座山峰都挺拔秀美，葱茏中杜鹃飘动，像亭亭少女，苍翠的衣裙上坠着朵朵红花，风情而妩媚，尤以玉环山（现在的小家山）更加绰约多姿、清丽动人。我们就在小家山的一个小水库边停下，然后步行上山看杜鹃。这是九龙山杜鹃较为集中的地段。遍山都是杜鹃花，竞相绽放出生命中最美丽的红，大方美观，火红、血红、酒红、铁红、紫红等深浅不一的红，在阳光下显得璀璨夺目，点燃了我们内心的热血和惊叹。风吹过来，万千朵红花飞舞，那是万千份的热情在燃烧，是万千朵的红霞在舞动，是万千朵层林尽染的梦幻啊。我们走在林间，早晨的阳光照下来，懒洋洋的，像鹅绒般在空中轻轻飘散。升腾的水汽带着泥土和草木的芬芳，一缕缕地沁入肺腑，就像山崖下映阳河远去的水声一样缥缈和恍惚。

择路而行，山道越发陡峭难行。我在山道旁的小石包小憩，满山红色与绿色层层叠叠，绵延不绝，像映阳河水在峰峦中起伏跌宕，奔腾着冲向遥远的南方。瞧，满山都亮开了红红的嗓子和歌唱，整坡都飘飞着绚烂的颂词和祝福。山崖下清清的映阳河就是水做的丝绸，一路向南，带走了多少沉甸甸的歌谣、传说、民俗和历史。我感到血液有些沸腾了，仿佛我也是这满山的一片红花，是这万千朵红花中一团燃烧的火焰。我想，我的前生一定也是九龙山人，在这里占卜、炼丹、耕种、纺织，将神秘、源远流长的龙山文化，在映阳河的奔流中泽润着。

此行的目的地是九龙山的最高峰——五宝灵山。于是收拾起激荡的心情，继续驱车前行。沿途的承德桥、天生堂，风光亦然。

几经曲折迁回，终于得以近距离地瞻仰五宝灵山了。下得车来，但见深沟险壑，山峰俊秀，人称"五宝灵山"者，状似飞龙，名曰"威灵"。古寺巍巍，森森然似有神气，其朝为行云、暮为行雨的脉脉含情之态，不知醉倒多少文人骚客。

下几级石阶，古寺之外景便豁然眼前。一溜长廊青石铺就，百年有余，长廊起始的左侧就是传说中的"威灵池"。红墙绿瓦，石门造型别致，门柱上楷书一联"威镇天顶宝恩苑，灵显仙境龙泉洞"。沿石阶入内，当中一井，壁上一碑记曰："威灵池也，脉络西秦龙峦矗，天街月峀然独尊，故昔人，名曰天顶山，山下有泉，四时不歉不盈，清则暗，浑则雨，后有风铜时或云雾，自出所谓山泽通气，而有龙则灵也。清嘉庆时岁大旱乡人祷于斯池果雨后屡求辄应故名威灵池。"上供龙王塑像，案上香火缭绕，油灯正亮。

出得威灵池，沿长廊继续前行，左侧一排石梯整齐而上，登上最后一级不多不少正好九十九，是否取其九九归真之意，笔者没去考证。橘黄色的墙壁上，"南无阿弥陀佛"六个大字，遒劲而凝重，不知沉淀了多少年的人间冷暖。驻足观望石门之上，五龙镇宝图案之中，"威灵寺"三字金光闪闪。门柱上"威风凛凛竞相上帝，灵感昭昭荫庇下民"的楹联庄严虔诚。厚实残损的古木大门昭示着岁月的斑驳，推门时，门上铰链发出吃力的"吱吱"声，是在警告那些擅自入内而不虔诚者嘛。

大门洞开，一尊弥勒佛于门厅之中，两耳垂肩，袒胸露乳，肩披绶带，笑口大开，左手抓一如意，项挂一串念珠。看到笑口常开的弥勒佛，那句"开口只笑笑天下可笑之人，大肚能容容天下难容之事"回响在耳边，不知进进出出的世人是否能真正感受到：世间万物芸芸众生，人间情仇悲欢离合，荣华富贵贫穷贵贱，地位官阶灯红酒绿……都可以付之一笑。大肚能容常人难容之事，忍得住心中烦恼，耐住岁月寂寞，不争一时之气，方免百日之忧。在佛祖的眼里"忍为高，和为贵"。纵然世事如棋变幻无常，悠悠万事都不过如此而已。

进得门来，满目炫彩的构筑物和精美造像令人目眩神迷。浓重的香气和弥漫的烟雾，使人几生顿化之感，你看那个端坐冥思的释迦牟尼，左手捧金钵，右手拇指食指相捏，双目正从沉思中醒来，嘴角含着淡淡的笑意，像在菩提树下悟出了什么真谛。两侧的观音、势至、文殊、普贤、地藏、韦陀、地藏、伽蓝等分殿而设……法相庄严，令人肃然起敬。

十几个身披袈裟的僧人，或手拨佛珠，默默祈祷，或摇头顺脑，念念有词。在能容纳两百余人的大殿里，善男信女们有的伏在蒲团上，有的干脆跪在地上，无数双虔诚的眼睛，仰望着大慈大悲的菩萨……

走出大殿，信步走上山巅，四野环望，仲夏的五宝仙山，透蓝的天空，悬着火球似的太阳，云彩仿佛被太阳烤化了，消失得无影无踪，阳光从密密层层的枝叶间透射下来，地上印满铜钱大小的粼粼光斑。树下，青草和红的、白的、紫的野花，被炙热的阳光蒸晒着，空气中充满了甜醉的气息，成群的蜜蜂在花丛中忙碌着，吸着花蕊，辛勤地飞来飞去……这动的静的、自然的人文的，都生生不息，和谐一体。在徐徐清风中铺开了波澜壮阔的史诗和画卷。这是五宝山的绿、是五宝山的翠、是五宝山的黛色，叠加出它美丽而浩博的色泽。

# 十里竹溪醉三月

　　瓦蓝瓦蓝的天空上白云悠悠，白云下面的南河水婉转轻柔，南河水岸摩肩接踵为郊游，游人的身旁是黄浪起伏的花海，花海的畦间是弯腰吻花的女子。希望和快乐从她们坚挺的鼻尖发出，从太阳明媚的眉心发出，从游人投递过来的暖目中发出，溢满甘甜的心间，随着一畦畦的菜花延伸向一望无垠的远方。

　　这就是三月的竹溪，如诗如画的风光，似真而幻，浪漫悠闲，使人心生向往，充满幸福；这就是三月的花海，那么大，那么远，一朵朵花儿在和煦的春风中摇曳着，散发着诱人的香味，高歌着黄色的芬芳，为你许下美丽的心愿；这就是三月的魅力天堂，我们行进在花间小路，眺望远方，似乎漫野的油菜花包裹着我们、凝视着我们，让我们融于自然又超出自然，一场奢华而低调、宁静而致远的幸福悄悄蔓延！

　　"烟花三月下扬州"，这是古代文人骚客对风光秀美、人文荟萃的江南古城扬州的赞美与向往。此时此刻，把这句诗用在"十里竹溪"再恰当不过了，竹溪是人文荟萃之地，是在开州邂逅花海，拥抱幸福感静谧的甜美乡村，是可遇而不可求的静谧魅力之地。

十里竹溪的魅力在于景美。称十里竹溪为"魅力天堂"或"人间花园"，一点也不过分。经过冬日的短暂蛰伏，地处南河中下游的十里竹溪欣然苏醒。三月的十里竹溪宛若一位绰约多姿的妙龄女郎，每一寸肌肤都显现无穷的魅力，无不让人为之动容和倾心。穿梭在春日香醇的气息中，漫步十里竹溪，没有一处不是风景，没有一处不是水墨丹青的自然画廊。月季花迎着和煦的阳光，开放出或白色或红色绵密的花蕊，一如既往地肆意生长着。纵然落地，也"啪"的一声，发出清越的脆响，保持一个完整的自我。纯洁的梨花永远干干净净，清清爽爽，使人一下子就从喧嚣的闹市，飞到若禅若道的平静世界，从烦恼丛生的惆怅，回到无根无欲的无邪时光。桃花花期已过，残存的花儿上还弥留着一层浅浅的茸毛，点缀在黑褐色的枝条上，如一粒粒晶莹的珍珠，在阳光下泛出粼粼的光泽，散落在驿路两边的竹林下。置身此境，我不禁想起崔护的那句诗："人面不知何处去，桃花依旧笑春风。"这也许是献给桃花最好的溢美之词吧。倘若，那多愁善感的林妹妹能到此一游，我想，她一定会在泪雨滂沱中，轻吟一阕缠绵悱恻的新版《葬花吟》。情之所至，陋诗所成，我不禁对着同行的文友吟道："一树桃花落，满地伊人泪。我欲把花采，唯有暗香来。"身旁的几位美女听到后都乐了，那笑靥，不知比这花儿还要美上多少倍，甜过多少分！

花随目光开，人在花中游。花海在屡屡的清风中送来淡淡馨香，使人心旷神怡。那一片片油菜花，种在乡村的房前屋后，田野地头，金灿灿，黄澄澄，开出来就是一簇簇，一片片。随行的小朋友欢呼雀跃地钻进了油菜花丛里抓蝴蝶捉迷藏，却道是："儿童急走追黄蝶，飞入菜花无处寻。"

站在田野，放眼望去，那盛开的油菜花，浩浩荡荡，波澜壮阔，犹如千军万马。啊，花是"万顷金波花如海"，香是"流金溢彩百里香"。我不由自主地走进这花的海洋，芬芳沁入我的心脾，金黄遮盖了我的眼帘，我就像一片坠入花丛的白云，渐渐地融入这金色的花海，生命在升华，心灵更纯净，感觉我也在开花。

钻出花海，一路缓缓向前，路边的树木上，尖尖的芽鞘已经脱落，追逐着春风；有些树木早已长满新鲜光亮的叶子，那些叶子贪婪地吮吸着春天的阳光和雨露，只是深绿色的树冠上，覆着一层刚长出来的嫩叶，渲染出十里竹溪春天的盎然生机。

十里竹溪的魅力在于休闲。十里竹溪不仅仅是一座菜花妖艳的季节花海，更是一方休闲的天然乐土。如果你是酷爱探幽的猎奇者，请到河边的竹丛杂林中，它不会让你失望，也不会让你沮丧。让你在转转悠悠中感受绿色天空的玄妙，感悟到人生原来就像眼前的竹木，或高或低，或曲或直，或疏或密，没什么高低贵贱之分。如果你是经历了岁月风霜的耄耋长者，请到南河边上静静地垂钓，独享这静谧的时光。春和景明的日子，湖边垂柳依依，河面涟漪摇曳，水中清澈见底，倒映出渔翁和岁月的身影与幸福。"晚年唯好静，万事不关心。自顾无长策，空知返旧林。松风吹解带，山月照弹琴。君问穷通理，渔歌入浦深。"这是何等的境界啊！阴雨绵绵的时光，更别有一番诗情画意在心头——"青箬笠，绿蓑衣，斜风细雨不须归"，这份世外桃源里才有的悠然意境，有谁想象得到会在南河岸边真真切切地见到呢？如果你是天真无邪的贪玩小少年，别犹豫，去看一看那小小的"动物园"。你会见到一只花孔雀把尾巴抖得哗哗响，那漂亮的尾巴就像仙女手中的彩扇，慢慢散开，又像透亮的珍珠撒在它身上，非常美丽。慢慢地，孔雀拖在尾后的长长的羽毛都挺直起来，围成一个圆圈，像一把五颜六色的大花伞，又像一块圆形的彩缎。

此次前来十里竹溪也留下一些遗憾。因为来的季节不一样，没有感受到荷花那一股清香淡雅的花香扑面而来的惬意；也没有感受到顺着花香望去，一株株出淤泥而不染的荷花，亭亭玉立，竞相开放，粉的、红的、白的、浅红的，鲜艳多姿、色彩明丽的场景；更没有感受到"小荷才露尖尖角，早有蜻蜓立上头"的意境……

因为有遗憾，所以有追逐，所以我不断地向前走，这也许正是生活之美、生命之美之所在吧。

# 桃花岛上红似锦

　　在历经一季漫长宁谧的冬天沉蛰之后，各式各样的野花也睡醒了，只见它们伸伸腰，抬抬头，争先恐后地纵情怒放，红的、黄的、蓝的、白的、紫的……真可谓是百花争艳，五彩缤纷。这些花虽然不名贵，但它们用自己的点点姿色点缀着这青青草地，把自己的一切无私地奉献给大地。成群结队的蜜蜂，呼扇着薄薄的翅膀，嗡嗡地在花丛中徘徊寻觅；那五颜六色的彩蝶，也成双成对地在花丛中翩翩起舞。

　　"人间四月芳菲尽，山寺桃花始盛开。"阳春四月，应朋友之邀，前往郭家毛城村桃花岛观赏桃花。刚刚脱去冬装的我，换上轻便的春装，感觉浑身充盈了春意。

　　"小园几许，收尽春光。有桃花红，李花白，菜花黄。"一路上，透过若隐若现的车窗，一帧帧朦朦胧胧的春色画卷不时卷入眼帘：桃花激情地向墙外探出头来，依附在柳树枝上，好一幅蝶飞花舞、柳绿花红的图画；李花吐露出雪白芬芳，层叠在远山脚下，伴着良田沃土、草绿花白；闪过的大片油菜花，金黄耀眼、摇曳风中，像在对我们招手微笑。我脑海里忽然浮现出几句诗句："春色自在油菜花，蜂乱蝶忙竟繁华。东君无意披锦缎，西子多情浣彩纱。花愁怎堪窗外雨，才思忍付天边霞？桃红柳绿不为客，明月清风自是家。"还没有进入桃花岛，更未入花海，便被一路的春光，撩动得心潮澎湃、如痴如醉。

大约过了四十分钟，我们就来到了此次赏花的目的地——毛城桃花岛。我迫不及待地下了车，放眼望去，一眼望不到边的桃林展现在眼前，抬眼所及的范围，似乎都没有找到哪里是尽头，置身在这个桃花林中，一树树诱人的深红，缀满枝头；一簇簇怒放的粉红，媚了当空；一片片醉人的粉白，盖了山峦。这里的桃林被春天点燃了、点艳了！

我忘情地向桃林深处奔去，穿梭其中。只见错落无序的枝丫上，密密匝匝地挂满了桃花：有的宛如成熟的少妇，张扬地袒露自己的身姿，或紫或白；有的宛如初婚的新娘，半开着花瓣，羞羞答答地露着半张秀脸，或红或粉；有的好似妙龄少女，紧裹着心扉，含苞待放，或青或红。

"桃花一簇开无主，可爱深红爱浅红。"停下来，细细地观赏着那一朵朵盛开的桃花，才真正理解了杜甫诗句中桃花相映成趣的韵味。花瓣中有的片片深红，红得发紫；有的瓣瓣粉红，有的粉中带红，百粉千红；有的红白交叠，白里透红，乱琼碎玉。而那花中柔立的心蕊，泛着淡淡的嫩黄，娇艳欲滴，香气宜人，惹人爱怜。

和煦春风吹拂着桃花岛上高低错落的桃树，满岛桃花在微风中轻盈舞动，妩媚妖娆；一缕缕嫩草的清香拌和着一股股桃花的馨香，扑鼻而来，直透心底，沁人心脾，醉人心魂。

温暖的阳光、和煦的春风、潋滟的桃花，让我陶醉其间，不经意间吟诵起曾经在开州做过刺史的唐代诗人、藏书家韦处厚《盛山十二诗》之一的桃坞："喷日舒红景，通蹊茂绿阴。终期王母摘，不羡武陵深。"

"桃花浅深处，似匀深浅妆。春风助肠断，吹落白衣裳。"移目万山遍野的桃林，遥望同样穿梭在桃花丛中的各色美人，"绰约多逸态，轻盈不自持。尝矜绝代色，复恃倾城姿"的诗句立即在耳畔回响，"女人如花"的比喻在心里翻滚着，似牡丹，雍容华贵；像兰花，洁白芬芳；如荷莲，雅致圣洁；如水仙，清新恬静……然而，无论她们的风姿像什么花，那一张张娟秀透红的脸，不正如桃花的千娇百媚一样吗？马致远"向人娇杏花，扑人衣柳花，迎人笑桃花"的小诗，迷醉了所有的看花人。

伴随着这漫山遍野、千姿百态、娇艳妩媚的花香，伴着朵朵潋滟的桃花，笑迎春风，芳香盈袖，缓步向外走去，忽然发现一小男孩，依在一棵桃树上，拿着一本书很是陶醉地吟诵着唐代诗人吴融的《桃花》："满树和娇烂漫红，万枝丹彩灼春融。何当结作千年实，将示人间造化工。"在这芳香四溢的桃林中忽闻这清脆的朗诵声，我暗暗在想：如果人生能处处闻到花香，心中能常萦书香，那将是何等的造化，何等的惬意，何等的风光。

# 凤山奇观

此行原本是为了工作的无奈之举，然而却有意外的惊喜。从岳溪出发不久车过胡家，远远地便能够看到凤山，群峰矗立，连绵突兀。蓝天浮云飘荡其上，炊烟薄雾萦绕其间，村庄田园曼延其下。第一次行进在此间，感觉如琴如歌、如诗如画、如梦如幻。

时值五月，正是一年中最绿的季节，远远望去，层层碧浪让我早已打消了出发时的无赖，竟有些迫不及待了。

我们新奇地行进在凤凰林场那蜿蜒崎岖的小路上，漫山遍野的柏树、松树、杉树、枫树……一棵树一个绿浪，层层叠叠卷上去，像一个正在翻腾着巨浪的立体湖泊。

在绿浪中攀缘而上，实在是清幽极了，空气里充满松枝柏叶的清苦味，仿佛置身于琼楼仙阁的香火缭绕之中。一阵风吹过，树叶沙沙地响着，飘下几片像飞舞着的彩蝶似的枫叶，左右前后地围绕着我，或沾衣，或扑面，纠缠不已。我情不自禁地吟诵起了古人"落絮游丝亦有情"的诗句。高大雄健的红松如擎天巨柱，傲立在万木丛中，如同林中最了不起的男子汉，有一种想依偎在其怀中的冲动。

沿着山间小路我们继续前行，在去往目的地——凤山祖师殿的途中，一路上除了高大的树木，还有许许多多不知名的野花，山崖山坳，到处都有她的身影，她从不挑剔环境、位置、待遇、养分，她也从不争妍斗奇，露才扬己，只是根扎在凤山的胸膛上，漫山遍野叶茂花香，默默地、勤恳地装点着凤山的容颜。

进山时还是碧空万里，忽而天空却阴沉起来，不一会儿天空中竟飘起了绵绵细雨。可是这飘飘雨滴丝毫没有破坏我们的兴致，我在雨中轻轻地念道："细雨湿衣看不见，闲花落地听无声……"

忽然，我的精神因眼前的山峰俊朗而为之一振，眼前的山粗犷而冷峻，令人感到一种刚正不阿、力争上游的质朴美，似一幅凝重的画，如一首深邃的诗，若一个清新的故事。

我正要开口问随行的朋友，有人就惊喜地告诉我：眼前呈现的就是此行的目的地——祖师殿。祖师殿在凤山最高峰上，海拔1260米。而这个山峰几乎都由悬崖峭壁构成，崖壁高达数百米，从山上一直延伸到山顶，而流水又将岩石冲刷出条条凹槽，远观就如同一壁天然瀑布悬挂于天地之间，其雄浑与壮观自然不可同日而语。这样的景观顿时让人觉得俯仰之间充满了刚烈与力度，荡气回肠，如一曲激昂的交响乐，点燃我们征服它的激情。

　　我们一行沿着石壁向上攀越，分不清是脚的作用还是手的作用，当颤颤巍巍地站在峰顶时，额角的冷汗已不是一滴一滴的了。向往峰顶，结果峰顶真的就是一方刚能立足的狭地，不能横行，亦不能直走。尽管腿感觉酸软无力，但心却可享受一时俯视之乐，放眼望去，只见云雾在山间翻滚、奔涌、升腾、追逐。原来温文沉静的云雾，这时竟成了诡秘的魔术师了。它令原来图画似的景致变化万千，万山苍翠时隐时现、时深时浅、时远时近；忽而滚滚的浓雾来了，从匿藏的峰坡汹涌而来，淹没了眼前的一切；忽而它又拂袖而去了，只见袖带飘忽，瞬间似乎一切都没有发生，但一切又确乎已经发生，给人留下了莫名的惊愕与喜悦。我禁不住发出"秀色天下绝，山高人未识"的感慨。古人言"不识庐山真面目，只缘身在此山中"，也许说的就是这种心境吧。

　　乌沉沉的云雾，突然隐去，峰顶上一道蓝天，浮着几小片金色浮云，一抹阳光像闪电一样落在脚下的峭壁上。右面峰顶上一片白云像白银片样发亮了，渐渐地，无数层峦叠嶂之上，迷蒙云雾之中，忽然出现一团红雾。那绛紫色的山峰，衬托着这一团红雾，美极了，就像那深谷之中向上反射出红色宝石的闪光，令人仿佛进入了神话境界。这时，俯视山下，也是色彩缤纷。一条曲曲折折闪光的"道路"，上面荡着细碎的波光。时间一分一分过去，前面山峰那团红雾更红更亮了，渐渐看清有一高峰亭亭玉立于红雾之中，渐渐看清那红雾原来是千万道强烈的阳光。再看那曲曲折折闪光的"道路"，却是滚滚流淌的长江轻灵地萦绕万州城。

雾消四野，站在高高的祖师殿遗址上，环视四周，深切感受到"会当凌绝顶，一览众山小"的气概，也真真切切感受到"但临佳绝地，禅静动衣襟。清浊三江水，慈悲一佛心。摩崖月光远，石窟白云深。摒弃红尘事，悠然听梵音"的禅意。

"松涛！""澡池！"同行的朋友相继惊喜的声音，硬生生地将我的视线和思绪拉回了眼前的石峰上。

凤山现存佛教"凤凰禅林"遗址以及石窟寺、石刻，开州历代文人僧众在这里留下了许多传奇故事、摩崖石刻，具有极大的历史文化价值。此行的目的除了工作外，最大的心愿就是想亲身去体会悬崖峰顶的祖师殿那种危崖高千尺的险峻和古人留下的摩崖墨宝和"圣净无生"的佛教遗存。

凝望足下的石峰，尽管方圆不过三五平方米，但也平坦。一个面积不足两平方米的圆形小池，清水盈盈，水色随天空颜色变换而深浅各异。这一清泉静池在我眼中成了独行客，全凭一己之力，张罗出一段灵动缥缈的传说：

在很久很久以前，凤山上住着一位修炼成仙的凤凰，她能帮助人类实现自己的心愿，但她又有点害羞，从不轻易露脸，所以人们就把心愿写在纸上，折成纸条挂在山顶最高的岩石的古松上。古松载着人们的希望迎风飘扬。如果小纸条被风吹到树下的水平石板上，就说明凤凰仙女愿意帮助你实现愿望；反之，你的愿望就只是愿望了……久而久之，这个石板上就被飞去的纸条磨成了一个光滑的小坑，可见凤凰仙女为老百姓实现了多少的愿望。不知过了多少年，一个年轻帅气的小伙子，每年都在这里来求得凤凰仙女实现自己的心愿，一连求了十年，这十年都是同一个愿望：想见凤凰仙女一面。可是十年过去了，心愿还是没有实现。这个小伙子也够痴情的了，为了悄悄地见这凤凰仙女一面，又一年来到这里，见自己写下的心愿还是没有飘落在这个小石板上，于是他就悄悄地躲在古松下面等待着仙女的出现，可就在他等待的第二天晚上，古松被一股大风连根拔起，掉到凤山脚下去了，从此仙女再没有出现过。小伙子很内疚，于是就在这个山顶建了一座寺庙，取名为"凤凰禅林"，并在石壁上手书了斗大的两个字"松涛"，长期在此打坐，为民祈福，以忏悔自己的罪行。

收回飘飞的思绪，环顾群山，我们来的时辰恰到好处啊，你看那起伏连绵的群山，阳光斜映山岩，水光潋滟长江，禅意萦绕其心……这美景竟也让我心中渐生愧意，只去了一回而已，只有短暂的一天而已，只是一个吸食人间烟火的凡夫俗子而已，还以为自己已领略出这山水的真正精髓，殊不知，这精髓早已如那仙女般与山水相融，我等肉眼凡胎看到的只是她的美，仅仅只是一种美！

2014年仲夏于汉丰湖畔

# 别有洞天小园村

　　春日的小园村，春意盎然；夏日的小园村，绿野仙踪；
秋日的小园村，清溪涵月；冬日的小园村，雪白静谧。这
里，遥远僻静；这里，山峰叠翠；这里，溪水潺潺。青苔石
板，蜿蜒水路，浩渺炊烟共同构成一幅水墨氤氲的山水画
卷，吸引着我们在一个春日里向这个远离喧嚣的美丽之地
出发。

——题记

　　惊蛰后的一场夜雨，让清晨的空气里弥漫着清新清凉的
雨意。我心里正盘算着这样的天气是不是适合继续今天的行
程，忽然瞥见兴致勃勃整理行装的孩子，又想雨中前行应该
别有一番景致吧。犹豫而又充满期待地来到昨天约定的集合
地，未曾料到大伙的想法居然出奇地一致，尤其是孩子们，
似乎个个都充满了期待，于是几辆车载满欢笑整齐地向关面
乡小园村进发。

小园村地处区境之北，大巴山麓之南。沿着刚刚完工的开城高速，一路均有远山近水相伴，蜿蜒曲折，沿线山青如洗，田畴似画。沿线各乡镇像"一线串珠"似的在眼前呼啸而过。这条路，我不看也知道承载了不少历史印记。从城区到关面数十里，有白鹤大桥遗址、温泉历史文化名镇、清水县遗址、巴渠县遗址……

　　山因水而滋润，水因山而灵秀。刚一驶入关面乡，青山碧水已近在路旁。跃入眼帘的皆是山上那高高低低、深深浅浅翠色欲流的灌木林，间杂着或红或白或紫或黄的野花儿。极目远眺，一片清亮的绿，那是刚刚浸染过的绿，苍翠的山岭上，清新的灌木林，不知是不是因为刚刚被春雨洗礼过的原因，在此刻明净的天空下，连叶子都透着新生的绿。再往远处，山势朦胧，仿佛笼罩着一层薄纱，影影绰绰，在缥缈的云烟中忽远忽近，若即若离，就像几笔淡墨，抹在蓝色的天边。而绕在山脚的溪水时深时浅、时宽时窄、时急时缓，使得原本就丰富多彩的画面更增添了一分灵动的韵味。

　　小园是一个山环水抱的小山村，境内山岭高耸险峻，林木苍翠有致，溪水甘甜清澈。其实，我们刚进入关面的时候，雨就已然停了，天也逐渐放晴，但眼里的一切还都是湿漉漉的，此时的小园村就像一幅刚完成的水墨丹青中国画，墨色淋漓，仿佛一不小心，七彩颜色就要流淌下来。用"一抹尘烟，烟雾缭绕，千里烟波""乍雨乍晴云出没""葱茏清万象，缭绕出层山""山雨山烟浓复浓"来描绘此刻的小园村最贴切不过。你瞧，一层薄薄的云雾缓缓地从山腰升起，越来越浓，越来越大，转眼涌向山顶，霎时间山峰就隐没在这似烟似雾的云雾中，变得缥缈起来，偶尔羞答答地露出点真容，仿佛倚在闺房等待新郎迎娶的待嫁新娘。

沿着溪水围绕连绵不断的山脚缓缓前行，溪水碧绿，清澈见底。溪水因地而歌，有如松涛、有如竖琴、有如琵琶，铮铮徐徐之音，响彻山水之间。行至水阔处，此时无风，水平如镜，朵朵白云，青青山影倒映于水面，山光水色，融为一体。一泓清溪，像流动的水晶，水底的细沙河卵石像筛出的金屑河莹润的珍珠。偶尔一尾小河鱼在金屑与卵石中穿梭，好像又在崇山白云间游动，让我们仿佛置身于仙境。

继续在山水间慢慢行进，越往前行，山越来越陡峭，溪谷也越来越窄，山谷卵石叠嶂，溪水从卵石的缝隙中相拥而出，犹如玉喷珠溅，水滴击打着卵石再落入水洼，如轻拨琴弦，发出天籁之音。再往前行，不远处一条细小的瀑布从山峰中倾斜下来，像一条银龙，从半空中猛扑下来，直捣潭溪深处，失散的水花像长了翅膀的小精灵，随风飘飞，漫天漂游，一派壮丽景象。

车行尽处，下得车来，山村景色就在眼前，别致而清幽，卵石垒墙，卵石铺路，右前临溪河，背靠青山。山村围着碧绿的树，红墙小楼，白墙屋舍，掩映在褐枝翠叶中。家家户户的门前院落都种植着各色各样的花草，院子收拾得干干净净、整整洁洁。连水泥地面都仿佛是用清清河水洗过似的，一尘不染。整个小山村无比清洁、明丽！

虽说我现在居住的城市绿化都搞得很好，四时绿树葱茏，处处花红柳绿，但和小园村的自然天成相比，总显得有些矫揉造作，更少了这份与生俱来的亲和力。沿着卵石铺就的蜿蜒小径漫步，一路上总有些不知名的野草调皮地从石子缝隙中探出头来向我们打招呼，黑瓦白墙的民居掩映在绿树丛中，雨后的空气里弥漫着清新的味道，带着淡淡的草香。也许是我们的欢笑声打破了山村原有的宁静，引得房前屋后的花儿竞相开放，白的、红的、紫的、黄的、粉的，这儿一簇，那儿一簇，甚是热闹。

在村子的东头，看见一个老乡背着背篓，提着小锄头，一打听才知道他是要上山采药。我求他带我一道上山，他欣然答应了。于是我跟在他身后，沿着蜿蜒的山道向上爬去，穿梭在茂盛的灌木林中，享受着和煦春风的抚摸，耳闻虫鸟婉转地和鸣，映入眼帘的是一片明艳的世界。小草偷偷地钻出小脑袋，嫩嫩的，绿绿的，朝气蓬勃。绿树吐芽，在阳光的映衬下绿得发亮，似乎要把自己的生命力全部展示给我们看。

越往上走，树荫越浓密，初春的风也变得有点凛冽了，各种山鸟在林间扑腾，我明白了，是我们惊扰了它们的梦。不知不觉我们来到了一个小山头，置身其中，临风而立，放眼山下，好一幅浓墨重彩疏密有致的山水画！而我此时就身置其中，"浮云不共此山齐，山霭苍苍望转迷。晓月暂飞高树里，秋河隔在数峰西"，更见得"四壁群山居上邸，白云依我欲何求。瑶池硕果余盘盏，鹫岭玄机遍陇畴"。四野环顾，征服和成功之感油然而生。

老乡到了山顶，一头扎进林间。我跟在他后面转悠半天，才知道他是到山顶挖野生天麻。他告诉我，想要找到野生天麻是很困难的，因为野生天麻都是生长在杂树的阴凉处，只有这种地方才有。并且野生的是很难发现的，通常要仔细地观察才会看到，在挖掘的时候也得很小心，一棵好天麻要完整地从地里挖出来对于我们来说还真有些为难。老乡还告诉我，在这里寻找天麻，最好的时节就是冬天和春天，而春天能寻找天麻是很少人愿意相信的，所以也有好处，至少抢挖的人少一些。都觉得野生天麻很好，我今天算是真正地领教了老乡寻找天麻的辛苦了。

为了不耽误老乡干活，我没有等到和老乡一起下山，和老乡道别后，独自往山下走去，在山林间随意走走还真是久违的享受，沐浴在混合着木香、草香、花香以及泥土芳香的清新空气中，感觉恍如隔世，那份宁静，那份自在，那份欢愉又怎能用言语表达呢。

这种宁静、这种欢愉毕竟是短暂的，是有限的，而生活才是常态。一次休憩、一段旅程，应该是我们完成一次思想和情感的加油。加满了油就该继续努力，继续打拼，毕竟人生中，还有更好更多的风景等着我们……

# 金竹坪随想

　　金竹坪，既算不上名门闺秀，也称不上小家碧玉，充其量也就是一个乡野村姑，娇羞地躲藏在九龙山深处。

　　细想起来，我们曾经走过的风景名胜，大凡都与奇石险滩、高山古刹、奇峰古木、绿草清溪、悬崖飞瀑等相关，本无美丑善恶之分，其声名大都是由文人墨客渲染出来的。比如杭州西湖、三山五岳、漓江山水等都是文人墨客鼓捣出名的。当然，不知名，其实也并非真的寂寂无闻。金竹坪，相传曾是隋末唐初传奇战神李靖平定冉肇则叛乱时屯兵休整之地。遥想当年，此地也是人声鼎沸、磨刀霍霍、战马嘶鸣的军营。一座沾染神兵名将气息的山寨，能说没有一点点名气吗？

　　正如淳朴憨厚的九龙山人一样，不事张扬，再加上地僻人稀、山高路远，也许是那些文人墨客们娇贵，受不得累，不肯涉足而已，金竹坪自然也就名不见经传了。不过，这样的金竹坪远离世俗的污染，更是少有人受日月孕育，饱风雨滋润，少喧嚣叨扰，最是纯天然的生态呈现出来的随心所欲的自然风韵，倒是给人一种柳暗花明的感觉。游客走进这片处女地，可以由着自己的心性，信马由缰。

而今在这个到处制造人为景观的年代，一些并不出众的山水，粉饰之重，如同将一大堆化妆品涂抹在一个风韵不再的妇人脸上，不显其美，反增其丑，实不敢令人恭维！而金竹坪不一样，淡妆浓抹总相宜。

曾有朋友告诉我说，一切的深藏，都是为了更好的相遇。由此可以这样认为，我与金竹坪，我与坪上风景，就是为了那一份美好的相遇，为了那一份与生俱来的亲近。一直以来，我看风景，不喜欢熙攘喧嚣，钟情于宁静甚至沉寂，我想以孤单的脚步，唯心与山水对话。因此，我常常一个人去未知的岩洞、幽深的山谷，听风、看水、品山、观瀑、观云。

"金竹坪"缘何为名，根本不用考证，凭这个俗气的名字，就可以知道，是因为在这个坪上盛产竹子，而这个平坝又在一个高高的山头上，无论是在早晨还是在傍晚，阳光照射下，竹林都是金灿灿的，因此人们就把这里称为"金竹坪"。而现实的我留恋于此，却有唐代杰出的政治家、文学家、战略家李德裕"野竹自成径，绕溪三里馀。檀栾被层阜，萧瑟荫清渠。日落见林静，风行知谷虚。田家故人少，谁肯共焚鱼"的感受。

风景这边独好，行进其间，竹，绿得浓墨重彩，云，白得似柔软的棉球。带着虔诚，我用徒步的方式，亲近金竹坪，却有"青山霁后云犹在，画出东南四五峰"的体味。穿梭于金竹坪的竹林之中，眺望远方的一瞬间，繁华的一幕便映入你的眼帘，天空是湛蓝的，云朵是洁白的，就连远处的那山那林也都唱着清纯优美的旋律，踏着欢快的舞步从远古的时代翩翩而至，漫山遍野的奇花异草竞相媲美，青山是俊秀丰润的，竹林是碧绿深邃的……

山下桃溪河的水，不疾不徐，从卵石的坚硬里汩汩而出，蜿蜒跌宕，让水的柔情与山的伟岸缠绕。把流连的脚步踌躇在百转千回里，把依恋的心情寄予那细流浅滩中，把金竹坪的问候送给孤寂而匆匆的赶路人。

想到这里，忽然想起柳宗元的一句诗："烟销日出不见人，欸乃一声山水绿。回看天际下中流，岩上无心云相逐。"由此可见，山水是有灵性的，只要你有一颗虔诚的心对它，那么它的花就是为你开着，它的水就是为你淌着，它的石就是为你站着，它的美就是为你扮着……

置身金竹坪，任心情无端蔓延开去。回望来时路崎岖蜿蜒，掩映在恣意生长枝枝蔓蔓的竹林、杂树下，不知名的大小树木伴随竹林叠韵。时值初夏，绿色平铺了山峦台地，淡绿、黄绿、深绿、墨绿，无数的绿色缭乱着，夹杂着，活泼泼地吐露着生机，就连山石缝隙间都不可思议地长着高低不一的竹笋。竹笋在石上发芽，生根，然后顽强地把根伸进石下沙砾中，汲取生命的养分！细看身边，竟有许多细小的竹笋，满身毛茸茸的深褐色笋壳，笔直地伸向天空。远远望去，漫野的竹笋，或粗壮弯曲，或疏若梳齿，沉默着，一切都沉默着，沉默出一种思索，沉默出一种向上的精神。竹林中，叶尖一顺儿朝下，密密层层，翠绿欲滴，间或有星星点点的野花，闪亮登场。浓密的竹叶宛如天然的绿色通道，鲜亮的阳光只能从竹叶的空隙中钻了进来，洒下斑斑点点不规则的图案，有一种"山际见来烟，竹中窥落日"的意境。踩在松软的竹叶、杂草、残枝铺就的地面上，也就多了几分逍遥，几分浪漫，清脆的足音惊碎静憩的竹影。偶尔踩下去，咯吱一声响，是林中的枯枝和腐叶发出的呻吟。厚厚的残枝腐叶如软软的地毯，让人倍感一种天然野趣和怡然自得。

微风吹过，竹叶被轻轻吹动沙沙作响，远远望去，好像起伏着的大海的波涛。但无论如何却吹不动天上的云，悄然在竹林间穿行，留下丝丝清凉，缱绻在汗水涔涔的额头与眉梢。

山都是有灵性的，那么这金竹坪所在的九龙山又孕育了怎样的灵性呢？突兀的山峦，陡峭的山岩，窄窄的台地，茂盛的植被，笔直挺拔的竹林，宛如血气方刚的汉子。金竹坪的每一坪、每一竹，每一石，每一树，每一草，无意为奇，却成就大奇，无意为美，却造就别样的质朴之美，更是造就了金竹坪独特的个性！历史的烽火曾将这里卷进平定九龙山暴乱的血腥之中。因此，这里的色彩注定是鲜艳的，这里的灵魂注定是个性的，这里的竹木注定是伟岸的！郑板桥的诗《竹石》："咬定青山不放松，立根原在破岩中。千磨万击还坚劲，任尔东西南北风。"似乎道出了金竹坪的竹石灵魂。

累了，盘膝坐在乱石堆砌的堡坎上，托腮望着宽阔的坪地发呆，眼前忽然出现一幅画面：茅舍瓦屋三两间，一二红颜而已，一人喂马，服侍，一人劈柴，烧饭。炉是土制的，柴是潮湿的，粮食当是自己亲手磨碎的。寻常日子里，调素琴，阅金经，往来无白丁；长啸于林间，赋诗于竹林，随行皆诗僧。偶尔亦邀几位好友，芒鞋竹杖，互相走访，饮酒作赋，与山同醉，不亦乐乎！

……

愈是思绪万千，愈能感受到金竹坪的朴实、纯净以及它喷薄的生命力。似乎坪中央站着超度灵魂的神仙，摇着拂尘，在金竹坪等你千年万年，要为你拂去身上的尘埃，让你忍不住想留下来参禅悟道。

站在金竹坪，映入眼帘的是黛青的山、深绿的竹、蓝蓝的天、白白的云，任思绪在一片苍翠之中悄悄地融化、冥合、诗化，天人合一，物我两忘……那一瞬间，我发现，浮躁的我，烦忧的我，愚钝的我，自负的我，狂妄的我，在金竹坪这无边的寂静中，找到一个寻觅已久的出口。

山不是名山，坪不及山有名，景不及坪有趣，可也有自己独特的味道。无数次的循山而行，而这一次，我却把心丢在了金竹坪……

# 杨柳关，那片血红……

　　杨柳关，一个充满诗意的地名。提起它，人们自然会联想到全晋《赠月经历》："杨柳丝丝不系鞍，送君容易别君难。"然而我今天去过的杨柳关，而今无杨亦无柳，但它亦并不是与杨柳均无关，据古书记载，杨柳关是因昔日山梁上生长着又大又多的杨柳树而得名。这里是西魏时西流县地界，人们为了防御外来的盗贼、土匪侵犯，就在此设立了关卡，取名杨柳关，且在关门两侧的门柱上刻有"兵备三千铁甲，地连二百雄关"之绝世对联，由此也不难发现此关卡地势之险峻，也不难发现此关隘重要的军事地位。

　　其实，杨柳关的军事地位不仅体现在遥远的古代，更是与近代红军建立川陕革命根据地息息相关，这是一片用红军烈士热血浸透过的红色山川，是令人肃然起敬的神圣之地。

　　从开州城区出发，沿着102省道向西行，过临江、越中和，继续向西沿着山谷前进，越往前，山势越高，林木越密，山谷却越浅。行到山坳处，一块空地上立着一高高的异形石块，石块上书写着三个遒劲行书大字"杨柳关"。嘿嘿，对这三个字的夸赞有点"王婆卖瓜"的嫌疑哟，因为这三个字是当地党委政府请我题写的。题写这三个字我真的是怀着虔诚和敬畏的心情在书写，而且还特意落有款识。但这次我看到的这个碑刻是没有款识的。也不知道是当地政府有意为之还是制作师傅忘记了，当然这个的确也不重要。尽管我不是沽名钓誉之人，也不在乎这些，但至少感觉决策者对艺术的不尊重。

站在杨柳关隘处，四野环顾，山势险峻，草深林密，已经很难在这里寻觅到当年红军激战的痕迹了。

后来，我在学习中国革命史时，一直有个疑问：红军占领杨柳关后为什么没有乘胜追击到开县和万县呢？一次偶然的机会，一个乡下老人给我讲述了当时红军攻打杨柳关取得胜利后的传奇故事，解开了我心中的疑惑。据传红军攻打下杨柳关后，本想乘胜追击，于是，派四名侦察员去侦察。侦察员侦察时已经是接近天黑，夜色中朦朦胧胧地看到关道出口横刀立着两个身穿红衣、身高一丈八尺的神兵守住关口，拦住了侦察员的侦察道路，远远望去关口处满是戴着红头巾的士兵。立即回去报告说，关口处埋伏有许多的敌兵，于是红军就没有乘胜追击。后来，当地老百姓解密说，这两个神兵，一个是谭家山，一个是瓦子坪，因当时山上生长的红叶树较多较大，远看这些红叶树像挺立守关的敌兵，而误传为是着红衣的伏兵。当然这仅仅是一个传说，真正的原因是川东游击军要到南坝去与红四方面军会师北上，会师后川东游击军改编为红三十三军。

杨柳关战役已经过去很多年了，在革命战争的岁月里，小小的杨柳关牺牲了多少革命志士，历史上没见有准确的数据，但给后人的记忆是深刻的，它的故事一直在传扬着，杨柳关一带目前还流传着当时的歌谣："红军打下杨柳关，干人（注：中华人民共和国成立前，穷人被盘剥榨干，自称为干人）心里好喜欢。土豪吓得钻洞洞，刘湘哭得喊皇天。"我们知道，这片翠绿的山川，浸透着烈士的鲜血，这片热土下，有烈士们的遗骸。

而今的杨柳关，当年作战的遗迹还依稀可辨，但因年代久远，疏于打理，植被渐长，红军战斗过的战壕、练兵用的演武场以及红军牺牲后的无名烈士墓都淹没在绿浪之中，透过层层绿浪，当年红军战士英勇抗敌的情景似乎历历在目。

山峦上，林荫茂密，小道蜿蜒，刚建不久的三座亭台隐匿其间，山间鸟鸣不断，苔痕上阶，一片安宁祥和。杨柳关上的烽火和战歌已经远去，但因那段悲壮的历史，红军战士曾用生命守护的这片沃土又开始焕发勃勃生机。

# 静谧的桃溪河

七月流火，夏日炎炎，太阳把大地晒得直冒烟，烦躁难耐的我，星期天一大早就邀约几个好友奔向我向往已久的桃溪河。

桃溪河位于城区西北部的正安镇百华村，河岸两侧高山林列，当微风吹拂的时候，雾霭轻轻泛起，乳白色的纱雾把山间疏疏密密地隔起来，只剩下青黛的峰尖，真像一幅笔墨清爽、疏密相间的水墨丹青图。在微风的吹动下，雾散去了，那裸露的岩壁、峭石，被霞光染得赤红，渐渐地又变成古铜色，与绿的树、绿的地、绿的田互为映衬，显得分外壮美。桃溪河碧水澄澈、山色葱绿、羊群如雪，如画的景色，处处盎然的生机让人心旷神怡。

一路前行，首先映入眼帘的是缓缓流淌、清澈见底的小河，这就是我心心念念的桃溪河。小溪清清澈澈，晶莹剔透，像流动的水晶。它的身下是细细的沙粒，是碎碎的卵石。卵石光滑滑的，沙粒闪烁着点点金光。小溪踏着沙粒，抚着卵石，潺潺溪溪，叮叮咚咚，撒着欢儿，唱着歌儿，欣欣然一路奔向东方……

行进在浅浅的桃溪河旁，宋代词人辛弃疾《生查子》中描写的"溪边照影行，天在清溪底"的场景呈现在眼前。我探身照了照，小河中出现了一模一样的自己。天空倒映在清凌凌的河水里，小河更蓝了。白云倒映在清凌凌的河水里，小河更白了。绿树倒映在清凌凌的河水里，小河更绿了。源源不断的河水，两岸迷人的景色，无不充满着诗情画意，有谁不为之陶醉呢？

不远处一个平静的河滩中，一群小鸭也欢快悠然地戏弄着细细碧波，有的三三两两浮在水上，自由自在地嬉戏，有的成群结队互相追逐，弄得水花四溅。一会儿又见一只小鸭双腿一蹬，钻入小河底，不见了。不一会儿两只小鸭又把头高傲地伸向蓝天，就像孩子们在荡秋千一样嬉闹着。并不时拍拍它们骄傲的翅膀，得意地"嘎——嘎——"地笑着，好像也在炫耀：看，我的翅膀多么神奇，我可以在蓝天之上自由翱翔呢！那被小鸭激起的层层涟漪也慈爱地应和着发出会心的微笑。这不由让我想起了"绿水池塘，笑看野鸭双飞过"的词句。

抬眼望去，清净的水面上悠悠地荡漾着圈圈涟漪，一位老者坐在岸边的石头上吸着叶子烟，笑眯眯地盯着已经撒出去的鱼钩。一位老太太则舒适地斜倚在岸边的石墩上，悠闲地倾听着溪水的呢喃，欣赏着两岸醉人的旖旎景色，偶尔又低头专注地绣着手中那精致的鞋垫。

　　继续前行，转过一道小湾，一畦浅滩呈现在眼前，溪水清澈轻柔，溪边有意或者无意地摆放着一列较为平坦的大卵石，仿佛就是天然的搓板，三两少妇正挽起衣袖，露出珠圆玉润的双臂在"啪——啪——啪"地捶打着衣服，那此起彼伏、清脆响亮的捶打声，和着她们恣情纵意的谈笑声，以及欢快悦耳的歌唱声，如同一曲动听的乐章，奏出了一曲人与自然和谐相处的赞歌，动人心弦，令人陶醉……抬眼望去，清澈的河水，倒映着窈窕的身影和如花似玉的面庞。惠风透过岸边青翠欲滴的槐树叶似乎想要把妇女头上沁出的汗珠拭去，那些茅草也积极地配合着人们的欢歌随风翩翩起舞，岸边的榆树枝也和着节拍，唱起了动人心弦的赞歌。这是一幅多么美妙的乡村生活场景，是那么地和美而甜蜜。

　　一阵微风拂过，不知名的一排排绿树亭亭玉立在岸边，微微探着婀娜的身姿，俯视着明镜般的溪水倒映出的那俏丽妩媚的脸。温软的细枝嫩叶如纤纤玉手轻抚着和风的飘须，像一个俏皮的小姑娘正在戏弄着老爷爷的银须般可爱，活泼而又欢悦。

　　极目眺望，蓝天白云下，一行白鹭正欢鸣着飞翔在碧空与山水之间，那和悦的声音，回荡在桃溪河这个"长龙"之上。是啊，桃溪河就如一条长龙般蜿蜒盘旋，前不见头，后不见尾。

　　凝望蓝天白云，我似乎想到了什么，流传百年的"一门两进士，同窗两高官"的清代佳话，不就是发生在桃溪河流域吗？180年前，门前置双柏的双桂堂同时走出了两位进士——陈塈和陈昆，并且陈昆还和两江总督李宗羲为同窗好友。陈塈于道光乙未科（1835）中进士，钦赐"进士出身"，任翰林院编修，国史馆协修兼任御学，当上皇太子载淳（后来的同治皇帝）的老师。陈昆于道光二十五年（1845）中进士，留在北京农部任职。后出任永清县、宜春县和新城县的知县，候补直隶知州，有著述《西夏事略》《小桃溪馆诗抄》《小桃溪馆文抄》《云阳县志》《开县志》等书刊行于世。李宗羲，号雨亭，道光二十七年（1847）中进士二甲第二十五名，以知县任用，分发安徽。后任山西巡抚、江陵布政史、两江总督，一生清正廉洁，勤政爱民，忠君报国，守土抗倭，兴学育才，正气凛然，《清史稿》《清史列传》有传……

"咩""咩咩"，耳边忽然响起的几声硬生生的叫声把我从遐想中拉回。黑白相间的山羊正在碧草茵茵的绿毯上肆意地吃着自己的"满汉全席"。那黑白相间的身姿犹如墨玉青花惹人喜爱，黑羊犹如黑色的珍珠一样散落在碧毯上，白羊似朵朵白云镶嵌在连天的绿毯上。面对着如此秀丽、如此怡人的美景，我想，就是神仙居住的蓬莱之地也不过如此吧？

此刻的我，在这个远离城市喧嚣的地方，似乎没有了愁心烦事，更没了追名逐利的浮华奢侈。如画似锦的山水仿佛让我穿越到千年前的大唐，携手王维行进在山水间，感受"行到水穷处，坐看云起时"的悠闲与淡然。

# "汉丰八景"今安在？

唐代元和年间，韦处厚出任开州刺史，任上三年，除了"发展农商，兴办儒学"外，还开辟了"盛山十二景观"，在公余之暇，携友人越梅溪、过桃坞、上竹岩、登茶岭，追云逐月，寻幽访胜。他们以盛山的山、水、树、茶、石、云作为题材，创作出《盛山十二诗》传到长安，一时间引得元稹、白居易、张籍等十余位文坛政坛知名人物为之唱和。穆宗长庆二年（822），韦处厚将己作与元稹等人唱和诗汇集，联成大卷，名为《盛山十二诗联卷》，请韩愈为之题《韦侍讲盛山十二诗序》，记此盛事。此联卷大行于时，慕而为之者日多，影响颇大，唐宋均有文人墨客的和诗。直至清代，奉节举人曹贵珍对此感叹云："千秋鸟迹山形在，一代诗人纸价高。"

无独有偶，清代开县知县胡邦盛（浙江汤溪人，进士）和开州名士林元凤有《汉丰八景》唱和诗。胡邦盛任开州知县八年，写有盛山积翠、州面列屏、熊耳晓云、迎仙夕照、莲池睡佛、仙境凝辉、清江渔唱、瑞石凌霄"汉丰八景"。他以描绘状物见长，从不同角度描写了八景的众多侧面，抒发了作者热爱开州、热爱开州风物的情怀，表明开州不愧为人杰地灵、钟灵毓秀之地，不愧为诗礼之邦的美誉。

俯仰间，数百年已逝，我们不禁要问，旧时的汉丰八景，何在、安在？让我们在记忆深处去找寻身边沉淀的历史，用心灵去感受历经风雨的古代景观。

其一："盛山积翠"，历经千年仍苍翠。

胡邦盛《盛山积翠》曰："淑气蔼晴光，翠微凝玑珥。岭分巫峡云，泉拟匡庐瀑。江浪映朝暾，村烟逗曲澳。象形寻盛字，疑是钟王造。"林元凤同题诗则曰："霞彩入青葱，琅玕嵌玑珥。黄金喷涧日，帘水泻匡瀑。载酒拔龙蛇，信杖看山墺。戈缒俨逼真，形迹谁能造？"盛字山，浓荫匝地，飞瀑如帘，那一山的绿树白水，其幽静、逸趣，不说也罢。甲于夔左的大觉寺里，暮鼓晨钟伴着林涛传出；状如"盛"字的盛字山，诗和词吟伴着日落月归。那深山存古寺的意象，实令人向往陶然。而今的盛字山，山峰连绵起伏，峰峦叠嶂，依然"霞彩入青葱"，依然苍翠欲滴，宛如梦中仙境，令人流连忘返。

其二："州面列屏"，群峰秀矗似画屏。

胡邦盛《州面列屏》曰："天生水墨屏，磊落谁为髻。红雨浸琉璃，青苔铺锦绣。云开岩谷明，风起松门吼。图画展遥空，烟霞千古秀。"林元凤同题诗则曰："翠起画屏开，云横似玉甃。烟岚信石摊，霞采摩天绣。日影花中筛，涛声松里吼。化工泼墨奇，图得丹青秀。"州面山，又名瑞贤山，即南山山脉。古人谓"群峰秀矗，如画屏排列"。胡邦盛的诗中描写道："图画展遥空，烟霞千古秀。"林元凤的和诗则描绘道："化工泼奇墨，图得丹青秀。"这些都道出了南山是自然的造化，鬼斧神工。极目四望，而今的州面山，烟雾锁着绿嶂，浓云封住山隘，诸山群峰在浅灰色天空的映衬下，渺渺茫茫，犹如一幅泼墨山水画。

其三："熊耳晓云"，雾锁山头山锁雾。

胡邦盛《熊耳晓云》诗云："云薄曙光寒，彩云初暧矮。祥呈景庆文，瑞绕休明代。出岫若无心，友风却拥态。凄凄有渷歌，甘雨看滋溉。"林元凤同题诗则曰："曙色逗山阿，浮光萦暧矮。和雨认阳台，若烟昭圣代。傍马动行嗟，舞衣偏作态。留得山与僧，补衲无须溉。"熊耳山，位于今丰乐街道华联村，山形浑圆拙如熊耳，因此而得名。通过两位诗人的诗，我们能感受到熊耳山经常能看到云雾缥缈，在清晨时分，来自山涧、河谷的薄雾在太阳的映照下萦绕着熊耳山。黎明时，浓密的晨雾从山坳河间缓缓升起来，展开来，悠悠飘忽，闲逸自若，借风之助复又生出许多情态。如今，站在熊耳山峰峦之巅，极目四野，看到的是始从雪宝山之巅，东去长江的小江水流，熊耳山就犹如一位巨人在小江岸边这块沃土上小憩酣睡。各种林木如被般覆盖其上，造就了石头死物般的大山演变成一个个鲜活无比的生命，葱茏葳蕤,神奇壮观。

其四:"迎仙夕照",炊烟缭绕日熔金。

胡帮盛《迎仙夕照》诗曰:"斜晖半有无,点缀葱茏树。峻岭烁黄金,碧崖浮彩璐。临风凤羽骞,映水骊珠吐。既夕影参差,牧童哗薄暮。"林元凤同题《迎仙夕照》诗中描绘道:"落日向崦嵫,流辉金烁树。晚风酣游人,野水疑佩璐。远岫待云归,高峰候月吐。微茫隐现中,刻画秋山暮。""迎仙夕照",顾名思义就是迎仙山在傍晚时候,各类景致在夕阳照射下相映成趣,构成温暖而和谐的画面。清代的迎仙山上还有古寺、古塔,在泛着红晕的夕阳照射下"犹抱琵琶半遮面",羞羞答答,愈来愈远却渐渐妆浓,迎仙山斑斓的古塔上更加色彩激滟,"浓妆淡抹总相宜"。而今的迎仙山,尽管没有了古寺、古庙、古塔,苍翠的山峰犹如一位妙龄少女,飘逸的长发、妖娆的身姿被一层绿色的绸缎包裹着,但那优美的线条依然清晰可见,她高贵、典雅、充满活力,落日熔金,暮云合璧,以最原始的真诚在召唤着一切生命。

其五:"莲池睡佛",消失的海市蜃楼。

胡邦盛《莲池睡佛》诗曰:"绿水漾清荷,山光摇玉井。依然激滟中,宛似瞿塘影。波动锡疑飞,月明禅自静。一泓水鉴空,天外香风永。"而林元凤同题诗描绘道:"半亩自天开,悠悠出浪井。俯镜缅真容,高眠成幻影。袈裟水底披,色相空中静。莲座懒参禅,悟彻源头永。""莲池睡佛"这一景观在原故城城西门外,有一个并不是很大的莲花池,常年池水清澈，盛山倒映在莲池中，状若睡卧佛像，因此人们把它称为莲池睡佛。而今的"莲池睡佛"早已随着三峡工程淹没于汉丰湖中。然而汉丰湖却似古代的莲池，在荷花盛开的季节，天色映照，山峦起伏，树木参差；天蓝，云白，树绿，草色青黄。逼真的造型和色彩，清晰而文静，水上的真实与水中的虚幻紧密衔接，让人沉迷在梦幻般的世界里，莲池睡佛的意境早已得到了升华。

其六："仙镜凝辉"，已作他用人如织。

胡邦盛《仙镜凝辉》诗曰："玉女试新妆，留得银华镜。照乘似珠明，写形同水净。绿垂螺黛偏，红绽花容正。皎洁月光园，素娥相掩映。"林元凤的同题诗《仙镜凝辉》描绘道："石发挽晨风，云鬟梳晓镜。花簪绰约娇，雨拭濯磨净。俯瞰吐晶莹，仰瞻辨邪正。山鸡舞见猜，绣错浑相映。""仙镜凝辉"描绘的是原故城南边一个小山上的大石，也就是明镜石。在太阳光照射下，光亮照人，也有人把它叫作仙女镜。而今的"仙镜凝辉"之地，已经改建成城市公园，名曰"明镜石公园"，公园里包括明镜阁、明镜雅舍、生态密林、农耕花卉景观带、旱河花溪、秋叶林带、山顶观景亭等景点。提升了开州城市形象，为广大市民提供休闲、娱乐、观赏为一体的休闲景观。

其七："清江渔唱"，桃李依旧笑春风。

胡邦盛《清江渔唱》诗曰："江渚抱城隅，渔人此信宿。长吟遏晓云，高唱穷幽谷。乐与众人同，声随流水速。竹枝歌未终,欸乃相驰逐。"而林元凤的同题诗《清江渔唱》描绘道:"击楫清流中,歌声惊水宿。随风散江濆,余响鸣山谷。夜静玉楼寒,月明横棹速。阳春为和难,巴里且徵逐。"清江,古名巴渠、清江、叠江,近代亦称东里河。《水经·江水注》:清水"源出西北巴渠县巴岭南獠中,即巴渠水也"。《明史·地理志》开县:"有清江,自东流合焉,亦曰叠江。"清代,东河流域称东里,故名东里河。蜿蜒清江,水石相击,白浪朵朵,清波叠叠,一派"粼粼碧水如罗,渔父扁舟挂网回;生长烟波生计足,鸬鹚并载卖鱼来"的景象。而今的清江,除了再没有打鱼的小船外,清风徐来,遥山叠翠,江水澄清,林翠花娇,何其赏心悦目!

其八:"瑞石凌霄",独留诗意在人间。

胡邦盛《瑞石凌霄》诗曰:"飞来华顶峰,突兀悬崖立。中有昆吾藏,还余鹊印迹。光辉射斗牛,照耀联奎璧。不羡林泉幽,终期作柱石。"林远凤在同题诗《瑞石凌霄》中描绘道:"一片仰凌霄,整冠拜独立。日燃云自升,笋接天无迹。遮莫载蓬嬴,还疑贡灵璧。他日攻错中,惟此韩陵石。"瑞石山在今开州区文峰街道,高约1000米,是方圆数十里的最高峰。峰顶有三块巨石,山间有汉丰寨、毗卢寺。清乾隆时称为"瑞石山",又称毗卢山。清咸丰时亦称瑞石山,又名"汉丰寨"。据《乾隆·开县志·山川卷》记载之一:"瑞石山,在县东南八里,一峰突起,山有瑞石。"巨石上有清咸丰壬子秋九月,乡土石泉文本清题刻的七律诗二首。其一，"偕我童蒙游汉丰，峰峦矗起半霄中。千门万户排垣北，四水三江出蜀东。雾幕云移长结彩，天梯石栈自连通。苍苍既已开奇境，更以人工助化工。"其二，"携挺南峰顶上游，心清目旷气横秋。远观陕广三千界，近俯绥夔十二州。四壁攒岩凝汉表，万重霁彩笼山头。高怀佐主难忘酒，饮罢赓歌兴未修。"而今的"瑞石凌霄"，高山之巅，尊容如旧，风光亦然，奇石古朴，松涛翻滚，石崖空悬，好一派旖旎景致。

汉丰八景中，除"绿水漾清荷，山光摇玉井。依然潋滟中，宛似瞿塘影。波动锡疑飞，月明禅自静。一泓水鉴空，天外香风永"的"莲池睡佛"已淹没于汉丰湖底外，"盛山积翠"现更是增添了大觉寺、藏经楼、仿古艺术长廊、刘伯承同志纪念馆等人文景观；"州面屏列"已经建设成为省级国家级森林公园；"清江渔唱"随着三峡工程的蓄水而更加开阔壮观；"仙镜凝辉"随着明镜石公园的建成，其景更臻胜境。其他三景虽有变迁，但景致的总体格局未变，风韵犹存。汉丰八景今昔对比，追溯的是历史变迁，触碰的是开州的历史。

寄情如薰

任意縱談未必悅

弱枝扶杖乃興致

山高水長皆陶然

情寄所期為梓里

# 刘帅故里·丰盛开州

## ——开州城市宣传片解说词

葱茏葳蕤的雪宝山，轻柔热烈的三江水，微波荡漾的汉丰湖，流金叠翠的乡野田间，鳞次栉比的滨湖新城。

这里，是中国开国元帅刘伯承的故乡；

这里，是三峡城市核心区、红色旅游名区；

这里，是中国春橙之乡、中国木香之乡！

自然的造化，历史的沉淀，时代的擘画，孕育了三峡醉美的山水公园城市——开州。

## 奇山秀水 美丽之地

同群山共语，与碧水对答，遥忆过往，八景拱瑞，十二景凝辉，峰峦叠嶂，灵动清丽，山水呈祥。放眼今朝，湖山相依，城景相融，和谐画卷，相得益彰，诗梦同城。

## 源远流长　人文之城

山，赋予了开州人开拓创新的坚毅；水，给予了开州人兼收并蓄的包容。千年文明传承，造就了这一方人文沃土，敢为人先、勇于进取的奋进精神，成为开州亘古不变的城市品格。

古之开州，人文荟萃，英杰辈出：有巴人拓疆的霸气、有诗和长安的盛事、有公车上书的激情、有川盐济楚的豪迈、有红岩英烈的刚毅，更有刘伯承仗剑拯民的担当。

今之开州，史诗般地完成了"三峡移民、撤县设区、脱贫攻坚"三大时代重任。厚重的人文积淀，辉映着这座千年古城的开明开放、开拓开创的傲然风姿，涵养着刘帅故里自强不息、敢为人先的人文精神。

这里，历史厚重，人文深邃。橘米盐茶，飘逸着自然天成的田园醇香；红糖冰薄，寄托了千家万户的花好月圆；烙画刺绣，绘就出寻常百姓五彩斑斓的幸福生活。

## 擘画蓝图　未来之城

百年大党绘就新蓝图，巍巍巨轮开启新征程。资源富集的三江三里，赋予了开州锦绣前景。"一极两大三区"的目标，演绎着开州从千年古城向现代化城市的精彩。

融入"经济圈"、共建"城镇群"、推进"同城化"、促进"一体化",实现渝东北川东北重要增长极;打通对外通道"动脉",建成全国性综合交通枢纽大节点;擦亮生态最美底色,打造区域性城镇组群大城市;学好"两山论"、走好"两化路",打造国家农业绿色发展先行区;坚持集约集中集群、推动绿色智能创新,打造全市重要绿色工业集聚区;发展"四色旅游",打造大三峡大秦巴结合部国际旅游度假区。

逐梦现代化,在壮美的蓝图中,坚定不移走生态优先绿色发展之路,让千年开州之美美得底色更厚重、亮色更耀眼。


始于江,兴于山,盛于湖,悦于城。矗立在千年文明积淀中,凝聚着170万人的磅礴伟力,开州儿女紧密地团结在以习近平同志为核心的党中央周围,坚持以习近平新时代中国特色社会主义思想为指导,以崭新的姿态、昂扬的斗志,朝着全面建设社会主义现代化强国,以中国式现代化,全面推进中华民族伟大复兴的宏伟目标,踔厉奋发、勇毅前行!

# 三月春光浓似酒

## ——《开州文旅》创刊词

三月的开州，微风拂，万物苏，百花华，候鸟归。

在这湖山如碧、花开似海的美好时节，走进三月，走进开州，走近如梦的期待。

三月的开州，停留在娴静的时光里，听风掠过，听雨飘过，看山红遍，看湖葱绿，看鸟翱翔，总是一片走不出的浪漫风景，总能收获一季的岁月静美。

三月的开州，不经意闯入视线的惊喜：在那落红铺地的毛城桃花岛，在那花影簇拥的盛山植物园，在那花果同树的长沙橘海，在那满地金黄的好耍竹溪，在那五彩缤纷的滨湖公园，在那洁白如雪的九岭梨海，在那素洁淡雅的渠口李子园……一畦畦萌动的鲜花，一幕幕心动的情影，盛开在多情的光阴里。

三月的开州，在那妖媚多娇的汉丰湖尽享视觉上的欢悦。湖岸，随风飘摆的垂柳悄然而立，像是对着湖镜梳妆打扮的窈窕淑女，亦像是眺望远方的婷婷玉女；湖面，碧波万顷，那湖面的蓝，四山的绿，融为一体，不似蓝，不似绿，又恰是蓝，恰是绿，一幅地道的"春来江水绿如蓝"的景象。暖阳下，夕阳照耀下的点点金光，仿佛是一块翡翠上镶嵌着无数闪闪发光的金珠；细雨后，汉丰湖的空气散发着甜润的味道，如镜的湖面弥漫着薄薄的水雾，犹如柔顺的面纱，笼罩着它"沉鱼落雁"的美丽容颜。

三月的开州，置身于次第流转的美丽里，任由思绪潮起潮落。色彩在湛蓝的世界里开始渲染。我执鸾舞清风，吟遍了碧色琉璃，依旧未曾走出那抹视线，细雨如诗，湖山如画，微风如笔，诗随笔意，飞舞在朦胧的烟空，在云缝里泻下轻叹……飘摇着的思绪远远流淌，揽你入怀，可知，我苦苦的等待，已经是一季。

三月的开州，有人指着远处的大山告诉我，那里的每一块山石都开满了花。轻盈回眸，三月的流光碎影浅了又浓。微波荡漾的湖水呓语唤醒了开州文旅初春的万般诱惑。为了更好地传播开州文旅之声，讲好开州故事，奋力向"一级两大三区"奋斗目标迈进，《开州文旅》应运而生，旨在通过精挑的封面故事、精选的文字内容、精微的摄影作品、精致的排版设计，让刊物既有可读性，又有烟火气，努力将《开州文旅》打造成开州文旅资讯平台、开州文旅研究交流平台、开州决策参考信息平台。

三月的开州，美得如同一个梦境，红的花、绿的芽，风拂过山水荡过湖，日子在青山绿水中简约而行，那袅袅升起的雨烟，一点一滴，融进岁月诗行。在《开州文旅》中圈划一个落点，题一笔清墨，描绘一缕淡香，轻轻铺展在心路上，静静绽放，伴你探寻开州的"诗"与"远方"，近悦远来。

# 蓬勃之夏

## ——《开州文旅》夏季刊卷首语

"清风无力屠得热，落日着翅飞上山。"炎热，自古就与夏天伴行。开州也不例外，盛夏之际，放眼望去，满目浓郁的绿色，却难以淹没太阳那火辣辣的情怀，热情得让人不知所措。然而，烈日当空下突如其来的一场阵雨，那丰盈的雨水不经意间调和了盛夏的酷热，伴随习习凉风，拂过脸庞，少了燥热，多了温润，轻轻的，柔柔的。

看，开州之夏，像那情醉西楼的画卷。远离城市的闷热与喧嚣，踏着雪宝山的千年古道，脚下是一片葱茏的绿色，眼眸里流转着丝丝缕缕银绿的细瀑，耳畔是小动物此起彼伏的穿梭之声，还有倦鸟归巢的轻吟。放眼望去，远处的山坳中有荷锄而归的老农，还有牵着黑羊的村妇，慢悠悠地行进在山道上，享受着槽口飘过的习习微风，沐浴着满山的清凉，似乎一天的劳顿就这样被驱散。村舍的上空，升腾起缕缕炊烟，袅袅娜娜，炊烟中弥漫着饭菜的芳香。这种宁静，是人与大自然的和谐默契，在这片静谧的意境中，与自然、与灵魂、与自己，邂逅重逢，让置身其间的人们忘却自己，穿越时空，平添几分诗意，几分安宁，几分淡泊，几分洒脱。开州，是一片净化心性的圣地，开州之夏，是一个逸韵高致的季节。

听，开州之夏，像那天籁之音的歌谣。当晨曦的第一缕阳光钻出山头，唤醒山水间那多情的布谷鸟，"喀咕——喀咕"，像一群游吟的诗人，在仔细地推敲着诗句的节奏，清脆的吟咏充满对仗工稳的韵律。攀缘树梢的侠客——知了，更是俊逸洒脱：时而浅唱低吟，犹如一首婉转的汉丰湖之恋；时而雄浑豪迈，一如那雪宝山高亢的穿山号子。夜阑人静的时候，荷塘边、稻田里的蛙声此起彼伏，一咏三叹，如同那缠绵悠长的情歌对唱。开州，是一片滋润歌喉的沃野；开州之夏，是一个余音袅绕的季节。

瞧，开州之夏，像那苍翠欲滴的翡翠。开州的绿是水的颜色，是山的颜色，是生命的颜色。雪宝山的绿，是高山流水的清幽之景，漫山遍野的灌木林，像是一片绿色的海洋，在绿色的海洋里，千年崖柏依然碧绿滴翠，挺拔向上。汉丰湖的绿，与其说是水的颜色，不及说是岸的颜色、是四面山的颜色。湖岸的杨柳由嫩绿色变为深绿，拂动着新生的柔软的枝条，倒映在湖中，使湖水也染上绿色，与天空的蓝交织融汇而变得碧绿，仿佛是一块无瑕的翡翠。山峦沟壑，峰脊溪流，苍翠墨绿之致，无论你身处何时何地，总伴你左右，因为绿色是生命之色。开州，是一个生命律动的天堂；开州之夏，是一个翠色欲滴的季节。

　　闻，开州之夏，像那馥郁芬芳的仙境。细柔而温暖的夏风裹挟着润湿的烟雾，从那遥远的长江三峡一荡一漾地飘了进来，从雪宝山那万木吐翠的缝隙中挤出来，越过山峦、跨过溪壑，带着淡淡的草香、淡淡的花香弥漫在空中，轻抚着人的脸庞，竟有些沉醉了。沉醉在这生机盎然的青青盛夏里，沉醉在这姹紫嫣红的缤纷盛夏里，享受着汉丰湖夏天的静美与浓烈，享受着雪宝山夏天的清爽与惬意，享受着人与自然和谐相处的艳阳天。开州，是一个寻味觅花的世界，开州之夏，是一个沁人心脾的季节。

　　青山滴翠，万物葱茏，走过了春的旖旎，迎来了夏的蓬勃。如此的清凉与静谧，如此的缤纷与绚丽。开州之夏，承接着春的生机，蕴含着秋的成熟。

# 盛山，开州人抹不去的情韵

在重庆市开州新城区往北5公里处有座山脉，顶部轮廓状似凤凰凌飞，是开州人熟知的盛山，当地百姓又称其为凤凰山。其山势巍峨，风景秀丽，突兀高耸，直入云天，背依九岭，环抱双江，极目远眺：群峰列屏，平湖似镜。

因《盛山十二诗》而闻名天下的盛山，自唐以来就是开州文明的象征。汉唐时期创建的宿云亭、隐月岫、流杯池、琵琶台、盘石磴、葫芦沼、绣衣石、梅溪、桃坞、瓶泉井、茶岭、竹崖等盛山十二景，以及在历史的长河中，渐次形成的盛山堂、芙蕖书院、大觉寺、藏经楼、白骨塔、东岳庙、岩观音、艺术长廊、刘伯承同志纪念馆等远近闻名的景观景点，不仅仅是开州历史文化符号，更是开州人的一种精神寄托。

沧海桑田，岁月更迭，时至今日，尽管诸多景点都在浩瀚的时光中被淹没，但它们给我们留下的记忆却从未远去。

盛山，千百年积淀下来的文化犹如一杯醇酒历久弥香，承载着开州人永远抹不去的缕缕情韵。

## 一

《寰宇记》："盛山在州西北三里，突兀高耸。"《夔州府志》："盛山在县北三里，突兀高峰，为县主山。山如盛字，故名。"《咸丰·开县志》："唐韦处厚知开州，有盛山十二景诗，韩愈为之序。杜甫诗'挂笏看山寻盛字'，盖以状言也。上有宿云亭、隐月岫、流杯池、琵琶台、磐石磴、葫芦沼、绣衣石、瓶泉井、梅溪、桃坞、茶岭、竹崖为十二景，今圯无存。"清代开县知县胡帮盛《盛山积翠》诗中云："象形寻盛字，疑是钟王造。"种种文献都告诉人们：盛山因形如"盛"字而得名。

"'挂笏看山寻盛字'，盖以状言也。"这句话中杜甫的诗缘何而来，已无从考证，从何种角度看盛山形如"盛"字亦难以寻觅。但有资料记载：盛山在开州故城北面，故城曾有城门曰"寻盛门"，站在城门中细看此山形如"盛"字，一笔一画言之凿凿，可今人大多未能目睹到盛山如"盛"字的真实面目。

其实，盛山的来历不管人们怎么诠释，都已经不重要了，因为从历史和文化的角度去审视盛山，说它是开州"吏治文化之始、农耕文化之源、科举文化之本、宗教文化之根、旅游文化之魂"一点也不过分。近2000年的文化交融、积淀、传承，形成了内涵丰富的盛山文化。在今人的眼中：盛山是开州文化的辉煌名片，是开州人文精神的象征，是开州邑人心灵栖息之地。

钟灵毓秀的盛山，是开州历史人文聚集地，是开州山水文化的代表地。盛山文化是开州历史文化长卷中最灿烂、最瑰丽的缩影，在历史的进程中，不难发现盛山文化起于对自然山水亲近的诗赋文化，兴于"学而优则仕"的举子文化，盛于制度文明发展。自唐代形成以来，对后世产生过深远的影响。

## 二

唐代以前，关于开州的文字记载甚少，有关盛山的记载更是寥寥无几，仅在《华阳国志》《水经注》《宋书》《南齐书》中有只言片语关于山水地理的记载。然而历史的印迹是不会因为时间的流逝而泯灭的，随着三峡工程的实施，以开州故城为中心的三河流域的考古调查和发掘相继展开，众多的考古资料和遗存表明，远在商周时期，开州农作物耕种就已经形成，相比巴人较为先进的渔猎技术，耕作技术也仅仅是刚刚萌芽。随着考古发掘的不断深入，遗迹遗物的进一步呈现表明，开州到了秦汉时期，耕作技术已经进入到一个比较发达的时期，与此同时，这个时期开州先民在盐业生产技艺、茶叶制作技艺上都有了长足的发展。

尽管如此，由于地处巴峡之间、汉夷交错之地，在空间距离上，秦汉时期的开州，无论是相对于洛阳还是长安，都属于偏僻之地、荒蛮之地，政治经济凋敝、社会文化落后。

时至唐代，开州还被唐人称为烟瘴荒蛮之乡，被列为"蕞尔下州"，也因此成为唐朝权力中心贬官逐臣的流放之地。唐代先后就有杜易简、唐次、王伾、柳公绰、宋申锡、韦处厚、杨汝士、温造、窦群、崔泰之等一大批显宦重臣被贬谪到开州，或为刺史或为司马。对于这些重臣名宦个人来讲，是件很悲惨、很失意的事情，但对于开州来说却是一次良机，这些名宦重臣给封闭偏远的开州带来了生机与活力，为这片贫瘠的土地留下至今取之不竭、用之不尽的宝贵遗产。

唐代这一大批著名的政治、文化名人因不同的原因接踵而至被贬开州，或深或浅地与盛山发生着关系。对盛山文化乃至开州文化地位的提升有着重要的促进作用。这些政治、文化名人无论因何缘由贬谪于此，都没有沉沦，相反却能励精图治，关注民疾，改善民生，移风易俗，传播文化。在艰难忧患中体现了士大夫们可贵的、富于儒家政治使命感的政治节操和卓越风范。逐渐构建起了以吏治文化、诗赋文化和儒学文化为核心的"盛山文化"，为开州历史、开州文化书写了一篇又一篇浓墨重彩的华章，使得开州声名远播，并在渝东北历史上产生了重要的影响。

盛山文化的形成当以开州城池变迁为始。谈到开州城池变迁，应当归功于第一个被贬到开州的考功员外郎杜易简。
杜易简是一位天才般的少年才俊。《旧唐书》里说他九岁能
文，年龄稍长，便"博学有高名"。年纪轻轻就考中进士，
并担任了殿中侍御史之职。到唐高宗咸亨四年（673），杜易
简已官至考功员外郎，可谓官运亨通。倘若杜易简在官场老
是这么顺风顺水，想必就和开州无缘了。赶巧的是唐高宗李
治身边冒出了武昭仪，在朝廷重臣许敬宗、李敬玄的鼓噪下
跃跃欲试，一心想当皇后。而当朝宰相长孙无忌、褚遂良和
吏部侍郎裴行简则坚决反对。杜易简很不幸站在了这些人一
边，他不知道武则天当不当皇后原是皇上的家事，只有唐高
宗本人说了才算，竟然写了一道奏疏去弹劾李敬玄。唐高宗
李治龙颜大怒，不久就找了个"恶其朋党"的借口，下一道
圣旨，将杜易简贬为开州司马。杜易简在开州的时间不长，
其政绩在史料中也难以寻觅，但是有一件事是明晰的，是他
促成了汉丰古城从南河南岸迁移到南河北岸的盛字山下，迁
城的原因究竟是什么，从正史中难以找到考证资料，但从他
的才智见识和儒学思想来推测，他迁城的目的之一应该包含
"依山傍水、坐北朝南"的城市风水学理念。汉丰古城的北
迁，亦可算是盛山文化之开端。因为外圆内方、十二道城门
的双环形古城建筑风貌，本身就是儒家文化的具体呈现。

　　如果说杜易简引导了盛山文化的开端，而后被贬开州的
大唐著名的散文家、政治家唐次则属盛山文化名副其实的奠
基人。

唐次出自官宦之家，唐次的叔祖唐俭辅佐李世民登基，唐初受封莒国公，做过礼部尚书，位列唐朝开国二十四勋臣，肖像绘上凌烟阁，足见其家世之显赫。贞元八年（792），唐次因窦参所累，被贬至唐人眼中"经济落后、文化尚不发达"的开州。

　　在大唐王朝贬往开州的众多名宦重臣中，唐次大概是在开州待得最久的一位。从贞元八年（792）夏四月贬到开州，到贞元十九年（803）冬转任夔州刺史，唐次在开州足足待了12年，转徙巴渝的时间更是跨越德宗、顺宗、宪宗三朝。

　　唐次在政治上是一个坚守信念的人，在开州十二载，晨钟暮鼓，焚膏继晷，为开州礼制文化、吏治文化、农耕文化、诗赋文化奠定了坚实的基础，开启了盛山文化之芳华。

　　唐次谪居开州期间的政绩为正史所不载，但在唐朝政治家、文学家、宰相权德舆所著《开州刺史新宅记》《唐使君盛山唱和集序》两篇文章中对唐次治理开州的政绩有较高的评价。《唐使君盛山唱和集序》载："八年夏，（唐次）佩盛山印绶……于是惠而保之，四封熙熙，比岁连课，为百城表率。"可见，唐次治理开州的政绩相当突出，州府每年都有丰厚的财政收入，可谓是百业兴旺繁荣，政绩当作为许多地方州府的表率。《开州刺史新宅记》载："……贞观八年四月，北海唐侯文编承诏为郡。既至，则敷宣化条，简易廉平，居者胥悦，流者自复，期月有成，三年大穰，狱有茂草，野无弃地。既均而安，既阜而蕃，官修其方，物有其容。"可见，唐次在治理开州时建筑州城，廉洁勤政，深受爱戴；改善民生，社会安宁；促进生产，发展农业，百姓富足。两篇文章对比印证，唐次在开州十二年，实实在在地做到了政通人和，百姓安居乐业。

唐次写于开州的传世散文《祭龙潭祈雨文》是一篇记录他日常政务的文章。作为刺史的他必须遵循唐代的典章制度，"祈社稷及境内山川"，故坚持主持祈雨、祈晴活动是他日常政务的一部分。在《祭龙潭祈雨文》中能看出，当他面对"今岁旱灾，金石将流，水不润下，江不胜舟，童叟皆萎，粮莠满野，雷隐隐而有声，雨垂垂而不下"的干旱景象时，祈盼"鼓动雷霆，稔此蒸人"，"黎元鼓舞，既庆成熟，而无厉疵"，字里行间无不包含感念民生疾苦的拳拳之心。这不仅能表明他遵守礼制，更能反映他勤于政务，关爱百姓的政治担当。

由此不难发现，唐次来到开州，奉行"简易廉平"、休养生息的治本之策，不贪腐，不扰民，不折腾，短短三年，便四野丰饶，居者安乐，流民复归，社会太平，连监狱都长出茂密的野草来了。这为开州清廉敬业的吏治文化、遵章守典的礼制文化和富饶的农耕文化打下了坚实的基础。

"励精图治，遵章守典，勤政爱民"仅仅是唐次在开州作为行政长官的政治担当。当其在开州刺史任上多年不获进用，尤其在被西川节度使韦皋赏识，"抗表请为副使"却遭到德宗"密谕皋令罢之"后，作为古代文人那种威武不能屈的执着秉性也暴露无遗，为此事悲愤不已，大有誓不罢休之势。《旧唐书》中载此事曰："此久滞蛮荒，孤心抑郁，怨谤所积，孰与申，乃采自古忠臣贤士，遭罹谗谤放逐，遂至杀身，而君犹不悟，其书三篇，谓之《辨谤略》，上之。"

唐次著名的《辨谤略》就是他在开州积极的政治作为和不得重用的矛盾悲愤中诞生的。在文章中他将个人的遭遇相类于古代的忠诚贤士，认为是因为皇帝偏信于奸佞之徒的谗言，才有了自己被放逐蛮荒之地的遭遇，这种感受犹如屈原《卜居》所言："黄钟毁弃，瓦釜雷鸣；谗人高张，贤士无名。"文章有理有据，声情并茂，直言"君犹不悟"，急切地表达了自己希望拥有更为广阔的政治舞台去实现自己的政治抱负。尽管德宗皇帝收到三篇《辨谤略》后有所醒悟，但也为唐次把自己比作贤臣、把皇帝比作昏君而震怒，最终没让唐次达到被召回长安的愿望。也正是因为他的政绩和《辨谤略》雄文，在新皇帝宪宗即位后被召回，并委以中书舍人之职，惜未至而卒。但是《辨谤略》的影响并没有因为唐次的去世而烟消云散。新皇帝李纯在仔细阅读了《辨谤略》后，不但青眼有加，而且兴犹未尽，于是传令学士沈传师组织人力广泛搜求类似的史料，务使汇编成集。翰林院那帮皓首穷经的书生忙碌了大半年，在唐次《辨谤略》的基础上增加了数篇类似作品，联为洋洋洒洒十大卷。宪宗皇帝以自己的年号重命书名，叫作《元和辨谤略》，由此可见，唐次这三篇散文分量有多重。

唐次的三篇《元和辨谤略》，一方面反映了他作为受命于魏阙之下的政治家身份的一种责任担当和远大理想，另一方面也展现出他作为文学家的文学才气和成就。蛰伏开州十余年，作为政治家几乎都是在捱着难熬的寂寞，难以施展更大的政治抱负。而作为文学家的他，却在精细雕刻着他的时光，他在开州刺史任上所著散文、诗歌成就就是很好的见证，其文学成就比政绩影响更为广泛、更为深远。

唐次凭借其深邃的文学素养，娴熟的创作技巧，强烈的政治抱负，形成了独树一帜的创作风格。加上唐次的家学渊源、师承关系以及在古文运动中的影响力，使他在开州刺史任上创作的雄文《辨谤略》（三篇）、《祭龙潭祈雨文》《祭杨判官八弟文》等，成为唐代古文运动文学卓越成就的构成部分，在古文运动中产生过较大的影响。无论是其文学创作理念，还是文学实绩都深刻地影响到了稍晚于自己的韩愈、柳宗元、元稹、白居易、韦处厚等文学大家。

唐次作为唐代著名的文学家，除了创作了很多有影响力的散文力作外，还创作了大量的诗歌，而且这些诗歌绝大多数是在开州刺史任上所作。诗歌题材基本取决于盛山，这些关于盛山的诗歌无论是思想内涵还是文学艺术，都得到了同时代文人的极大关注，文道合一的思想、平易自然的文风、抱瑜握瑾的气节，都令文坛友人敬仰，一时唱和其诗文的文人众多。唐代的文学家、政治家权德舆将唐次及唱和者描绘盛山的诗歌编著成集，名曰《盛山唱和集》，并亲自为之作序。权德舆在《唐使君盛山唱和集序》里写道："此北海唐君文编盛山集之所由作也。……理盛山十二年，其属诗多矣！……非交修继和，不在此编，至于营合道志，咏言比事，有久敬义焉"，不难看出，唐次写盛山的诗歌数量众多、内容广泛、志趣高远。其诗和者广众，共计二十三人，作者则"汉庭公卿左右曹方国二千石军司马部从事暨岩栖处士令弟才子"；艺术成就高妙，感召力之强，因此读之有"恐其卷尽"的感觉。

宰相权德舆在《祭唐舍人文》中写道："弱冠知名，时推隽贤。含章振藻，金石在悬。缘情放言，采组相鲜。"弱冠之年的唐次，就能得到当时文章大家权德舆如此高的评价，就不难想象《盛山唱和集》艺术成就之高。遗憾的是《盛山唱和集》今已失传，仅有权德舆《唐使君盛山唱和集序》尚存于世。据史书记载："《新唐书·艺文志四》著录《盛山唱和集》一卷。其后宋元人书目未见著录，当已亡佚。"《盛山唱和集》虽已亡佚，但其客观存在的历史事实及所取得的艺术成就，对盛山文化的形成和开拓之功是不可磨灭的，对后来盛山文化的发展作用是不言而喻的。

唐次在盛山文化形成中的影响力，其实在他自己家族中也得到了印证。他在开州十二年，不但写成了大量精美的散文、诗歌，还养大了两个儿子，并把他们都培养成了进士。《旧唐书·列传》的"文苑"篇中，一共列举了唐朝59个著名诗人、散文家的大名，唐次和他的儿子唐扶、唐持，以及唐持的儿子、晚唐著名诗人唐彦谦，全都赫然在列。而这一干唐氏父子昆弟，其精神与人格的磨砺与养成，几乎都是在僻静的开州盛山完成的。足见唐次和盛山文化相互影响有多大、多深。

如果说唐次为盛山文化的发展奠定了基础，那么另一位出任开州刺史的唐代政治家、文学家、藏书家韦处厚则将盛山文化推向了顶峰时期。

韦处厚元和十一年（816）出任开州刺史。在开州任上不足三年，其具体政绩历史文献记载也很欠缺，难考其详。但在开州刺史任上所作《盛山十二诗》却广为流传，并且得到众多名家唱和，这不仅是开州文化史的第一盛事，就在唐代辉煌的诗歌史上也算是一件无与伦比的盛事，自唐代以来的所有重要文学文献中都能找到有关《盛山十二诗》的记载，不可谓不丰。

韦处厚原本是因与宰相韦贯之军事主张不合而受牵连被贬至开州做刺史的，失落之情难以言表，但综观其《盛山十二诗》却全无贬谪的凄怆悲伤，相反，在诗人笔下的开州生活是恬淡闲适、宁静舒心，充满田园牧歌式的诗意生活，如《宿云亭》："雨合飞危砌，天开卷晓窗，齐平联郭柳，带绕抱城江。"又如《桃坞》："喷日舒红景，通蹊茂绿阴。终期王母摘，不羡武陵深。"再如"激曲萦飞箭，浮沟泛满卮。将来山太守，早向习家池。"因此韦处厚《盛山十二诗》在唐代诗坛广为传播，引得元稹、白居易、李景俭、严武、温造、张籍等多位政坛文坛名宿争相与之唱和，尤其是诗人张籍依照韦诗原韵所作《和韦开州盛山十二首》，可谓是克隆了韦处厚的《盛山十二诗》。

唐代杰出的文学家、思想家、哲学家、政治家韩愈在《开州韦侍讲盛山十二诗序》称："盛山十二景诗与其和者大行于时，联为大卷，家有之焉。慕而为者将日益多，则分为别卷，韦侯俾余题其首。"由此不难看《盛山十二诗》及其和诗的影响有多大，亦能看出韩愈对韦处厚《盛山十二诗》的赞赏。"盛山僻郡，夺其所宜处，纳之恶地以枉其才，韦侯将怨且不释矣；或曰不然，夫得利则跃跃以喜，不利则戚戚以泣，若不可生者，岂韦侯谓哉！"则看得出韩愈极力推崇韦处厚进退淡然的人生态度。"韦侯所为十二诗遗予者，其意方且以入溪谷，上岩石，追逐云月，不足日为事。读而咏歌之，令人欲弃百事，往而与之游。"由此可见《盛山十二诗》着实让文坛领袖韩愈深受震动，竟然生出对开州僻郡的向往，"欲弃百事往而与之游"！在中国古典诗歌最辉煌的唐代，韦处厚的《盛山十二诗》引出的这一诗歌盛事，在中国诗歌史上也可谓一朵奇葩，使得开州的名声和地域形象第一次以诗化语言被如此热烈地传播到大唐帝国的政治文化中心长安，并流传千秋。

纵观中国文学史，宋人编著的《文苑英华》《方舆胜览》《唐诗纪事》《困学纪闻》，明人编著的《蜀中广记》《全蜀艺文志》《唐音统签》《唐音癸签》，清人编著的《唐诗》《全唐诗》等文学巨献中均收录了韦处厚《盛山十二诗》，足见其在中国诗歌史的突出地位，以及备受重视的程度。

与"吏治清明"的政绩相比，"重文兴教"是他在开州的最大政绩。韦处厚在元和十一年（816）在开州建立儒学署。据《万县地区教育志》载：夔州（今奉节）在宋代庆历年间（1041）建儒学署；忠州（今忠县）在宋绍圣三年（1096）建儒学署；云阳县在元代至大元年（1308）建儒学署；万州于明代嘉靖元年（1522）建儒学署。由此可见，开州儒学署早于渝东北地区其他州县很多年。有了"儒学署"，州府有了管理学务的部门，士人有了读书学习的地方，于是学堂、书院、学校这根文脉便绵延下来，才有开州历史上的那么多的文人、名宦。在盛山建立长宁寺（即现在的大觉寺），并与禅林大师清公、柳律结为方外交。寺庙建设也很快遍及江、东、浦三里。

因此，韦处厚在开州三年中推行的吏治文明、文化教育、佛教文化将盛山文化的内涵提升到了一个前所未有的高度。

当然，在唐代除了唐次、韦处厚外，性强敢直言的散文家穆质，"起居皆有礼法，贤良方正"的唐朝名臣、书法家柳公绰，迫使武则天还政于李唐的崔泰之，"体悉民隐，士民慕之"的唐朝名臣、礼部尚书温造，"在开有济人利物之政"的尚书右丞、兵部尚书宋申锡，夜袭蔡州城的状元郑澥，"永贞革新"的代表人物散骑常侍王伾，咬下一节手指放在棺材里为母亲陪葬的窦群，引爆"牛李党争"的杨汝士，重要的军政人物窦智纯等，或从"勤政清廉"的吏治文明，或从"忠孝节义"的礼制文化，或从"和丸教子""压倒元白"的精神层面都丰富着盛山文化的形式和内涵，让盛山文化变得饱满而深邃。

<h1 style="text-align:center">三</h1>

盛山文化的建构者以不拘一格的文学手法描绘着盛山的容颜，以多元的思想丰富着盛山文化的内涵，以敢为人先的行动升华着盛山的精神，并用优秀经典浇铸着开州文化。

盛山文化的形成，是唐代名宦重臣相继莅开而逐渐构筑起的文化长城。他们要么是因为朋党之争而被排挤出京，要么是因为个性率直忤逆于皇上而被驱逐出长安，也有少部分是因为其他原因任职开州的。不管这些官员是因何种原因而为官开州，但在他们郁郁不欢的背后，也暗自庆幸自己远离了那种政治旋涡，面对开州清新静谧的自然山水，失落也罢，不甘也罢，全然已无心灵羁绊，身心得到完全解脱。这些被流贬的士大夫骨子里都包含着儒家"修齐治平""致君尧舜"的思想，即使是被贬到这个蕞尔之州，也依然不忘自身的使命，始终关心民疾、移风易俗、兴利除害、改善民生，政务闲暇之余著书立说、赋诗作文，倡导礼乐，在艰苦忧患中不坠青云之志。也正是执政唐代士大夫这种声名胸怀、勤政廉明的精神品质和价值取向，为开州历代为官者树起了榜样。五代的慕容章，宋代的刘源、王政辅、陈公景，元代的赵寿，明代的王勋、邱莹、璩镇海、赵河、孟铎、李用中、周九龄、郭惠，清代的郭孝穆、林丹云、陈长墉、李肇奎、林元凤、胡邦盛，以及现代的陈仕俊等，这些政治名人的清廉官风在开州形成了一道靓丽风景线，对开州人文精神的塑造起到了至关重要的作用。

盛山文化的起源与开州山水相依的诗赋文化密不可分，无论是唐次还是韦处厚在开州的文学实践都深刻地影响着开州历代文学艺术的发展，也在一定程度上影响着中国文学艺术实践。

《盛山十二诗》绝不仅仅在大唐诗坛引起轰动，引得当朝诗坛众多名宿为之唱和，得到文坛领袖韩愈的推崇，而且对历朝历代的诗人及其诗歌发展都产生着广泛的影响。宋代著名诗人冯山有和诗《开州盛山十二题》，宋代文学大家韦骧有和诗《和唐韦相国盛山十二咏》。以至于清代诗人曹珍贵在《登城望盛山诗》中写道："城上烟云想落毫，为谈点画对戮曹。千秋鸟迹山形在，一代诗人纸价高。待筑崇台延岫月，欲寻幽棹访溪桃。昌黎徒作褰裳态，莫厌登临日几遭。"此诗，极概括地述说了盛山及《盛山十二诗》引发的诗坛盛事之情态及影响之广泛。足见《盛山十二景诗》在历代诗歌发展中的巨大影响和作用。

韦处厚《盛山十二诗》是在对盛山游历后，在自然审美活动中创作的一组景观诗，他同唐代的其他景观诗一道，以"其'总分'标题形态、独特的组景方式、多样化的题名格式及'诗画相生'的创作方式，开辟了景观审美的新境界，为后代八景诗创作奠定了基础"。笔者不敢妄言《盛山十二诗》就奠定了"八景"诗的形成，但从李正春《论唐代景观组诗对宋代八景诗定型化的影响》一文的论述中，不难发现《盛山十二诗》对后代"八景诗"体式的定性起到了极其重要的作用。尤其是开州后来的《汉丰八景》《新浦八景》《西流八景》等八景诗，不仅传承了盛山文化亲近自然、歌以咏志的文化形态，更为开州文化增添了新的内涵。尤其是多人唱和的《汉丰八景》就传承了以山水赋铭、和诗填词的文化习惯，也为盛山文化的发展注入了新的活力。

《乾隆·开县志》载："蜀自文翁立学于前，高朕宣化于后，由是蜀士彬彬然，始知向学己……开虽僻隅，其所以沐诗、书、礼、乐之泽者，至深且饫，又岂仅媲美齐鲁也哉。"《咸丰·开县志》载："汪光禄，乎君子也！其家教严肃，有万古君风，故其世多贤裔云。严公之减税溥惠，是循吏也。并著之。嗟乎！开自韦侯诸公以文兴教，乃其乡俊落落，千载后仅一见焉，才难不其然哉。"可见从唐代开始的盛山文化，在后世已产生了积极的影响，促进了开州文化之鼎盛。造就了唐代备受韦侯赏识的进士李潼、崔冲，明代为政清廉的汪瀚、严琥，清代翰林院编修陈坤、贵州巡抚沈西序、能诗善文的永清知县陈昆、两江总督李宗羲等，再度扩展了盛山文化的内涵。

在前人博大胸怀、勤政清廉的精神影响下，开州先贤对民间疾苦的关心、对中国革命的自觉，在近代得到了充分体现，公车上书六举子、辛亥革命同盟会会员、以王润波烈士为代表的抗日英雄、红岩十四英烈、一代军神刘伯承等仁人志士让盛山文化在早期的吏治文化、诗赋文化、科举（教育）文化基础上又增添了名人文化、革命文化，极大地丰富了盛山文化的内涵。

当然，历经千余年的传承发展，盛山文化所产生的影响和成果远远不止这些。"文以载道、以文化人"，勤政清廉、重教尚礼的盛山文化已经深深影响着整个开州人的各个生活层面，贯穿于开州人思维与言行中的理想信念、价值取向、人文模式、审美情趣，更是促成了开明开放、开拓创新、敢为人先的人文精神。

# 人淡如茶

浅尝一盏香茗，深思一段过往，品淡人生未来：心素如
简、人淡如茶。

——题记

初冬的夜，透着<u>丝丝</u>寒意，却<u>丝毫</u>没有睡意。习惯性地
用玻璃杯泡一杯龙珠毛尖，打算靠在椅背上漫无目的地翻会
儿书。可拿起书时思绪却无法凝聚。抬眼静静地凝视着茶
杯，望着茶叶在杯中慢慢舒展翻腾，随着轻轻升腾飘溢的气
雾，茶香淡淡、沁人心肺。望着杯中茶叶的浮沉、茶汤的变
化，真切地感受到了古人"合座半瓯轻泛绿，开缄数片浅含
黄"的意境，体悟着人生的浮沉、得失、荣辱，品淡人世的
苦乐、哀愁、炎凉。

懂得茶道的人都知道："泡茶，头道水、二道茶、三道
茶水最精华、四道清甜韵味暇。"这四道茶就如同我们人生
的四个阶段：懵懂茫然的少年期，就如同刚沏泡的头道茶，

水浑而没有茶香，应该摒弃泡沫，冲洗茶具，才能让后叙的茶汤清澈见底，韵味有神！锦瑟年华的青年时期，就如同这二道茶，茶水含茶碱和茶多酚最多，同时还夹杂着或多或少的其他杂味，带有浓浓的青涩苦味，这预示着青年时头角峥嵘打拼人生的艰辛。品茶时的第三道茶水，才是真正的茶叶精华韵味的体现，这道茶汤最醇，最甘甜，也是最有韵味的，所以用这道茶来形容人到中年后的成果收获是再恰当不过了。茶叶冲泡到第四道茶汤时，茶水清淡韵暇，让人回味留恋此间的神韵清爽。因此，用第四道的茶水来形容人生步入老年时期的生活恬淡悠闲，偶尔也会跟人分享中青年时期的拼打经历和收获成果！一杯清茶，一种人生，一种过往，细细品味：豁达、开怀，苦中有甘、甘中有香，清香四溢。东坡先生有诗曰："戏作小诗君勿笑，从来佳茗似佳人。"短短一句小诗，把茶如人生诠释得淋漓尽致。或许每个人每天的生活就像一杯茶，善品者更知其味浓，能从中汲取多少，也全在个人。

人生如茶，上善若水，水为天下至清之物；人生如茶，茶是水中至清之味，茶与水的相遇注定生出无限禅机。温水泡茶，茶叶轻浮于水上，怎能散发清香？沸水沏茶，反复几次，茶叶沉沉浮浮，最终完美地绽放。这沉浮的茶叶正如世间芸芸众生，那些不经风雨的人，就像温水泡的茶叶，只在生活的表面漂浮，根本浸泡不出生命的芳香；而那些栉风沐雨的人，如被沸水冲沏的酽茶，在沧桑岁月中几度沉浮，才有那沁人的清香。茶要沸水冲沏之后才有浓香，人也要历经磨炼之后才能成长，无论是谁，若经不起浮浮沉沉，怕是品不到人生的最佳况味。当历经了世间沧桑，就如同那经历沸水后的茶叶，从容沉入杯底，用静默作为微笑的表情，内心足以坦然接纳一切。

一杯清茶，品人生沉浮，或青涩或浓烈或清淡，都须独自去细细地品味。人生在世，有人总想争个高低之分，成败得失，殊不知高与低，成与败，都是人生的滋味，功名利禄来来往往，炎凉荣辱浮浮沉沉，一份浓烈，一份淡泊，一份宁静。品茶就像品味人生漫漫，生涩甘冽、清苦香甜，都不曾错过，很难有一味到底的茗茶。或许我们的人生常常苦乐参半，或清或浓，或烈或静……然而，平常心，却造万千世界，我想，在苦中保持乐观向上，在乐里不失涵蕴内敛，那么生命的茶会在岁月的流光中越泡越醇、越品越香。

夜已深，茶已淡，漫漫长夜有一份静养之心，似这杯中茶，此时的我，没有一点矫饰和浮躁，忘却了一切得失和荣辱，只有一份恬淡的心境。

然而，在这个功利的世界，人人都在为生存而奔波，忙忙碌碌，去拼搏自己的梦想和希望。生活的压力和紧绷的心弦，让人无法释怀那份轻松的心情。人们渴望心静、心安、心清的状态，好似水中捞月、镜中摘花，祈盼远离尘嚣，回归自然的愿景，恰如海市蜃楼、雾里看花。蓦然回首，方才意识到真正值得我们为之追求与向往的东西其实很简单。

茶可清心，淡淡的一丝香甜，柔柔的一缕心音，暖暖的一份真情，那份幽香，那份清醇，那份淡雅，都在默默地品味之中，都在那蓦然回首中感悟着人生的真谛。

"茶里乾坤大，壶中日月长。"品茶之味，悟茶之道，就是要用雅性去品，就是要用心灵去悟。茶之为物，虽细小若草芥，却真切地折射出许多人生哲学。

高山出好茶。但凡名茶，则越是山高岭峻，越是叶芽饱满形态方正；越是雾霭缭绕，越是香浓气郁回味悠长。这恰如人生，不经磨砺难以成人，越是逆境，越能考验和塑造一个人的品性。人只有在一路的风霜雪雨中才能真正成长起来，成熟起来——茶道自然，人生自然。

没有一个渴望成功的人可以不经风刀雪剑的考验。陆羽在《茶经·茶之源》里说"其地，上者生烂石，中者生砾壤，下者生黄土"，其实，生于烂石、砾壤或者黄土的茶，外表看上去都是一样的，品质却大不相同。名山大川，岭峻云生之地，盛产好茶；平原、沃野也可产茶，但所产之茶与山地云岭所产的茶比较，尽毫无价值可言了。事实上，人总是只有勇敢地在各种磨砺中挺直腰板，坚守信念，"千磨万击还坚劲"，才有可能拥有独立的人格和不凡的品质。这和茶不是一样的吗？所以，人多经些打击挫折，并不见得是件坏事。

像我这样生于20世纪70年代初的人，也算生活得一帆风顺，在优越的环境里，如高山沃野的茶树一样，经悉心栽培，施肥灌溉，苗壮成长起来了。但也许真的，尽管在信念、意志和能力上称不上迷失的一代、脆弱的一代，但我们的经历似乎缺失了一定的内涵，我常常与自己的父辈相比较，父辈似乎在比我们更小的年纪就挑起了生活的重担，虽是情非得已，却成就了新中国成立以来，尤其是改革开放四十年来的经济发展奇迹。我们注定也参与到了续写这段奇迹的历史进程之中，但无疑，我们需要更多的磨砺。磨砺自己，多经历风雨是成长的最有效途径。可是，如何磨砺自己呢？

同一株树，同样生于烂石地中，同样栉风沐雨，可以入茶者，仅枝头的三四片嫩叶而已。这恰如人的命运：芸芸众生，熙来攘往，真正因缘际会，能够脱颖而出的总是寥若晨星。更多的人却是经冬历春，垂垂老去，飘落枝头，零落成泥。人生难道不是如此吗？同样是枝头的嫩叶，生于清明之前，最早生于枝头的，以其形，取名"雀舌"，为茶中极品，最是名贵，也称为"明前"；生于清明，谷雨之间，则称为"雨前"，为茶中上品；谷雨之后，则茶生得越晚越为下品。

这里面就有关于人生的隐喻，人生需要机遇，这机遇便是在合适的时间，出现在合适的地点，扮演合适的角色。同时，这里面有一个原则性的启发，就是要时刻准备着，以免大好时光和机缘与我们擦肩而过。对于同样有准备的人来说，效率就是生命，明前要好于雨前，早启程要胜于晚动身。这也应了当下最流行的一句话："今天再晚也是早，明天再早也是晚。"

一个人经历了磨砺，又把握住了机遇，正如茶被摘离了枝头。你知道，这时候茶农会称自己茶篓里的嫩叶为"鲜叶"——那意味着这时候一个人只是有了成功的潜质，成了一块毛坯。原料是好的，还需要精细的加工，才能称为茶中名品。对"鲜叶"来说，制成茶叶的过程是痛苦的，先是经高温杀青，然后揉捻拉拽以改变和塑造其形，再经高温数遍烘烤才能成为芳香浓郁的杯中之茶。这个过程与人的历练过程是何其惊人地相似呢？在不断强化的训练中和一个竞争的环境里，凸显自己的内涵，砥砺自己的性格，最终才能形成自己独到的人格和独当一面的能力。

一些有能力的人郁郁不得志一般是两种情况：一种是茶在匣中，还没到一展拳脚的时候，这种情况需要等待和不放弃的信念；另一种情况则属于不可抗力的问题，同一杯茶，有的人大口大口地饮，为的是解渴，有的人小口小口地啜，为的是品味。一杯茶遇到了前者，就是"不才明主弃"，这是制度的原因，固然悲哀。但人毕竟又不同于茶，不应为环境左右自己的命运，应该主动适应环境，改变环境。伯乐也是需要千里马去发现的，万不可站在原地，站在原地那是最大的错误。

茶能折射出人生的哲理，值得玩味，但万不可纠缠于此。茶趣人生，重要的在于趣味，道理却是见仁见智的，茶之为物，以小见大。

茶是一种情调、一种欢愉、一种沉默、一种忧伤、一种落寞。也可以说是记忆的收藏，在任何一个季节里饮茶，每个人都宛若一片茶叶，或早或晚要融入这变化纷纭的大千世界。在融会的过程中，社会不会刻意地留心每一个人，就像饮茶时很少有人在意杯中每一片茶叶一样。茶叶不会因融入清水不为人在意而无奈，照样只留清香在人间。

人生就是一杯浓浓的茶，苦中有涩，涩而有甜，甜而渐淡，淡而雅致。

淡雅，吾之所求。淡雅，吾之所愿！

寄情如薰

# 开州古桥

　　走进开州，你会发现境内南河、清江河、浦里河三条河流汇聚于澎溪河而贯穿开州全境，三大流域内溪流水道纵横，沟壑山间遍地。在这些山麓田野之间宽阔的河面或湍急的溪流上架起的座座形式各异的古老桥梁，让勤劳智慧的开州人逐步认识和接触外面的世界。

　　河是自然，桥是文化，桥是人们征服自然的一种文化创造。开州的古桥是开州历史文化的一个重要组成部分。在开州不可移动文物中，古建筑所占的比例并不大，但是古桥梁在古建筑中所占的比例却很大，达到了70%以上。据不完全统计，开州境内现存的古桥梁近五十座，无论是从现存数量、艺术价值、人文内涵和保存状况来看，都可算是开州文化遗产中的重要组成部分。

　　开州古桥多姿多彩，小巧古朴，有着独特的韵味。其中既有巍峨壮观的多孔石桥，如横跨浦里河上的金水桥，雄踞南河上游的铁锁桥、玉虹桥、龙门桥，静卧在清江河上的复生桥，也有乡间村野中涉水而筑的单孔石桥或石板平桥，如义和镇的五柳桥、同德桥，临江镇的万福桥、福德桥、全德桥，中和镇的余家小拱桥、九龙山的双河石桥，更有清江河源，跨河横卧的风雨廊桥——七里潭廊桥、马家滩廊桥。这些桥梁或不加点缀，朴素无华；或精雕细琢，风姿卓然。

开州古桥的建造，上溯汉唐，下及明清。现存的开州古代桥梁呈现出"一多、二全、三古、四整、五精、六厚"的特征。"一多"即数量多，"二全"即品类全，"三古"即年代古老，"四整"即整体结构完好，"五精"即建造的技术精湛，"六厚"即文化底蕴厚重。古桥本身的魅力是一种不可忽视的文化，它既包含了物质文化，也彰显了深厚的精神文化。

开州古桥除了桥本身蕴含的文化而外，还包含了更多的文化元素，如碑石、楹柱、雕栏板（杆）、与之相关的传说等。这些与古桥相关的建筑或传说故事，都是为了在建筑形象中嫁接上文学语言，充分调动文学语言来深化建筑意蕴，从而丰富桥梁的建筑艺术，形成了自身独特的文化形象，可谓是开州古桥的精神文化。

刻碑文。将记录桥梁建设相关信息的文字刻在碑石上，再将碑石组织到桥梁建筑中，是中国传统桥梁建筑融合文学语言的一种较为郑重的文化形式。碑可以是一块纯朴的简单碑石，也可以是由碑座、碑身和碑首组成的隆重形象，甚至可以辟建碑亭。这些碑刻，集文学、书法、雕刻艺术于一身，本身就构成了建筑精品。开州的古桥有很多都配有石碑，甚至有些桥边还有碑亭，从侧面反映出了开州古桥的文化，如：九龙山的双河石桥、临江的万福桥等都是将碑文刻写在碑石，义和的同德桥、中和的黄金桥、大进的双龙桥等都是单独建造的石碑或碑亭。

配楹联。在桥上设置楹柱，雕刻楹联是开州传统桥梁建筑最为普遍的现象，如今，许多开州古桥上仍留存着。它利用汉字"字、音、义"的特点，组成上、下联对称的形式，短的五七字，长的十多字，体例各异、文字幽雅。对联有的是精炼的古诗词，是诗的浓缩；有的是通俗的散文调，以流畅的语言，寄寓着深邃的理念；有的是普通的白话文，记叙着修桥者的姓氏、年月。这样的桥在开州有很多，但多数被人为损毁，也有少数残存下来的，如岳溪的金水桥、临江的福德桥等都还保留着部分楹联。

雕栏板。现存开州古桥皆用石料建造，石雕栏板是桥梁造型艺术的重要方面。在其他地方的古桥雕栏板，其形式多属美术雕刻，少见文字艺术。而在开州古桥中，不仅沿袭了中国传统雕栏板的石刻技艺，而且多数还配有文字艺术。在雕刻方面，南雅镇人祭桥、龙门桥，铁桥铁锁桥，临江全德桥、万福桥，义和五柳桥、同德桥等皆用青石砌筑栏板，粗犷古朴。桥身两侧栏板浮雕尽显文字艺术，刀法精美。

雕龙悬剑。在开州的古桥中，很多的拱桥桥腹皆雕刻龙头龙尾，制作精湛，栩栩如生。同时在桥拱正中悬挂一柄斩龙剑，如白桥乡的上拱桥、下拱桥，义和的同德桥，临江的万福桥，赵家的长生桥等。在桥面的上游皆刻有龙头，下游刻有龙尾，桥下悬有斩龙剑。

桥是一种文化，每一座古桥，都凝聚了人们的智慧与创造。在开州，几乎每一座古桥，都有一段优美或伤感的传说故事。如长生桥，就有一个优美的故事。据传，"长生桥"建成后，乡民们请当时250岁的长寿老人李青云第一个踏上该桥，因此就取名为长生桥。南雅"人祭桥"却有着一个凄凉的传说，相传在修建人祭桥的桥拱时，到最后的卡石无论如何都卡不到位，一个工匠后来伸头去看究竟时，桥拱很快合拢，这个工匠的头被挤在了石卡中，桥拱也就丝丝入扣地合在一起了，于是人们就把这座桥叫作"人祭桥"。铁锁桥、三拱桥、复生桥等皆有动人凄美的故事传说。

开州古桥除了自身的艺术价值，同时也承载着开州人的精神生活。我们在开州很多古桥故事中，都能看到或听到有关建桥还愿的故事。从黄金桥上所供的神龛，到福德桥、双河石桥上的石庙，再到金关古桥被后人立神位于桥碑……所有这些，都透露出开州人积德行善的美好品德。

上述这些作为古桥附加产物的建筑，体现了古桥独特的文化内涵，他们有着巨大的文化价值。首先，为后人们提供了鉴赏指引。其次，深化了桥梁这一景物的文化意蕴，给桥梁景点赋文、点题，使之表达高逸情思，通过楹联文字来抒发桥梁建筑的诗韵，是开州传统桥梁审美的最大特色。最后，丰富了桥梁与书法美、工艺美的融合，古桥上的碑词和楹联文字书法大多出自当地名家手笔，有隶书、楷书、行书、草书，字体端庄、苍劲浑宏；论篆刻工艺，既有阳刻，亦有阴雕，融桥梁建筑美、诗文美、书法美和工艺美于一体。

桥，历来为跨河越水方便通行所建，不为观赏，重在实用。然而一座座嵌镶在开州山川脉络上的古桥却造型各异、风姿万千，早已超越了其原始意义，它如一部部灿烂的艺术史书记载着开州人民的聪明与智慧。每一座古桥皆蕴涵着时代特色，折射出丰富的历史文化内涵，展示着古开州的辉煌历史。

# 渐行渐远的开州年味

春节是我国重要的传统节日之一，是标志着年岁新旧交替的节日。千百年来，各地形成了丰富多彩的春节习俗。开州位于大三峡大秦巴结合地，有着历史悠久的文化传统。开州境内春节习俗有详细记载的比较少，几千年来的积淀，开州春节习俗尽管和国内其他地区的春节习俗相互影响，相互吸收，存在着许多相同的地方，但由于地理环境和人文底蕴不同，也保留了很多的独特习俗。

开州民众传统的粮食作物主要是水稻、玉米、红薯、洋芋，其次有少量的高粱、麦子；经济作物主要有油菜、黄豆、绿茶等。基于此，开州传统文化呈现出较为鲜明的农耕文化特色。这给开州春节年货带来了较为鲜明的自制自给的特点。如在笔者家乡江里一带，改革开放前的年货几乎都是自备，其制作原料几乎都是这些农作物。

过完小年的开州，家家户户就开始自备年货。家里就开始杀年猪、打糍粑、磨豆腐、炕豆干、推汤圆、制米糖、酿甜酒、爆米花、炸酥肉等。像糍粑、汤圆、欢喜头、年糕等都是以糯米为主掺以少量粳米做成的；也有的是以红薯为主，而以米为辅制作的，如传统米糖的制作就是先用红薯熬煮浓度较高的糖水，再把爆米花掺在里面，通过压、踩、打、切而成；豆腐、豆干都是用黄豆磨制而成。

一到大年三十，此起彼伏的爆竹预示着节日的到来，大红灯笼早早地点亮了，映照着门扉上请"文化人"写的对联。偶尔几声炸天响的礼花窜入云层，洒落下刺眼的彩色光芒，漆黑的夜空瞬间显得五彩斑斓。从家家户户橱窗里飘出来的香味混杂在一起，仔细嗅嗅，有"老白干"的甘洌，有"甜酒"的清醇，与空气中散发着的硫磺味掺和起来，滋生出一种特别的年味。

此外，开州春节习俗中的一些信仰、禁忌也体现了独特的人文气息。腊八节吃腊八粥，预示着来年的日子红红火火，此后"年味"也日渐浓起来；杀年猪喝血旺汤，希望来年六畜兴旺、财源茂盛；扫尘，寄托着人们破旧立新的愿望和辞旧迎新的祈求；百无禁忌赶老期；贴春联、倒挂"福"字，描绘时代背景，抒发美好愿望；接神吃年夜饭，祈求平安舒畅、多福多财；聚财——年初一不扫地，这一天不能动用扫帚，否则会扫走运气、破财，而把"扫帚星"引来，招致霉运，假使非要扫地不可，须从外头扫到里边；这一天也不能往外泼水倒垃圾，怕因此破财；正月初九登高，期盼当年幸福吉祥、步步高升；元宵节摸青，以保百病不生……这些都给开州的春节带来了足足的年味。

现在的过年，已经逐渐地演变。不必说鲜艳的新衣、彩色的烟花，不必说大红的灯笼、响亮的爆竹，也不必说去给叔伯们拜年讨来的高档的果品和厚厚的压岁钱，单是让我记忆犹深的那些传统美食就已经变得难以找到其踪迹，更别说儿时过年那快乐无比的时光了。

过去的乡村，到了大年三十，母亲忙着做年夜饭，父亲则把家里坏了的农具翻出来挨着修好。小朋友们则聚在一起在院子里的地坝上疯玩，不管不顾，女孩子们玩跳房子、跳胶绳，男娃儿则斗鸡、战国、打竹仗。

平时玩得几乎到饭点了都不知道回家，还得妈妈满山遍野地找，而这一天则不一样，时不时地就要跑回家去，看看家里的饭菜是不是做好了。大年三十这一天做饭的时间真长，一直等到了太阳西斜的时候，终于等到猪头猪尾都煮好了，一桌饭菜也完全摆上了桌子。这个时候母亲把猪头肉和猪尾肉放在一个大茶盘里，恭敬地摆放在堂屋正中的方桌上，父亲虔诚地点上香烛，祭拜灶神、财神和祖宗，祈求全家幸福安康。祭祀完毕后我们终于等到吃年夜饭了。吃过年夜饭，小伙伴们争先恐后地洗了脚，因为在我的老家有脚洗得多高，来年的运气就有多高的说法，洗完脚穿上新鞋，一溜烟地跑向院子的石地坝，呼朋唤友，仿佛向世界炫耀自己穿新鞋了！天黑尽了才极不情愿地回到家里。

磨磨唧唧好一阵儿，在爸爸妈妈的催促下终于准备去睡觉了，临睡时，父亲给我们每人发五毛钱的压岁钱。母亲也从箱底找出新衣服或者洗得干干净净的只有出门才准穿的"旧"衣服，放在我们几姊妹的枕头旁。初一早上，不用母亲一遍遍唤，早早地就醒了，一翻跟斗就起来了，穿上枕头上的新衣服，揣着压岁钱和母亲发给的糖果或瓜子花生，偷偷地把灶台上的火柴盒揣在裤袋里，直奔院子的地坝上找小伙伴去了，大家都拿出三十晚上捡来的还没有炸响的火炮……

整个正月里，孩子们都四处乱跑，如同脱缰的野马，父亲有时会训斥一下，母亲却很放纵。说是过年了嘛，哪个细娃儿不调皮呀。

在那个时候，常常听大人们笑话我们的一句话是"大人望种田，细娃儿望过年"。可是现在的孩子对春节，全然没有我们小时候的那种渴盼。是啊，他们出生就衣食无忧，随时都有可口的饭菜和各种饮品、零食伺候；随时都可以换上漂亮的新衣服，不必眼巴巴地等到过年。

在现在孩子的眼里，春节也没有什么特别的，既没有仪式感，更没有特别渴求的东西。在大家的眼里都已经没有过去的年味了。其实年味是留在我们脑海中那个时代的印迹。其实不是年味淡了，而是我们现在的生活天天像过年一样，已经没有了那么多期盼。因此，也没有过去的那种年味了。

年味真的离我们的生活渐行渐远了吗？年味究竟是什么？究竟在哪里？其实，年味就是儿时的期盼！年味就在我们这代人的记忆里！年味就是一种期盼，一种希冀，我真希望现在是，将来还是！

# 闲话开州春节

春节，是中国农历的岁首，也是中国民间最隆重、最热闹的一个古老传统节日，中国民间过春节的习惯，大抵是从原始社会的"腊祭"演变而来的。我国古代人民经过一年辛勤劳动，在岁尾年初之际，便用他们的农渔猎收获物来祭祀众神和祖先，以感谢大自然的赐予。

开州过"春节"又叫"过年"，俗称"年"，传说中"年"是一种为人们带来坏运气的想象中的动物。"年"一来，树木凋敝，百草不生；"年"一过，万物生长，鲜花遍地。到了农历腊月三十，时针移过半夜十二点的时候，春节便来到了。按照我国农历，俗称年初一，传统的庆祝活动则从除夕一直持续到正月十五元宵节。正月初一前要祭祖、扫除污秽。三十日要贴门神、对联、吃饺子、放鞭炮，还有除夕"守岁"等仪式；正月初一，晚辈向长辈拜年，然后到亲友家贺年。亲友第一次见面时，说些"发财""过年好"等话互相祝贺，新女婿要到岳父母家中拜年，一般选在年初三，另外，各地除互相登门拜年，节日中还有给儿童压岁钱、舞狮子、耍龙灯、演社火、逛集市、赏灯会等习俗。这期间花灯满城，游人满街，盛况空前，直到元宵节。"百里不同风，十里不同俗。"因此各地过年的习俗也不尽相同。

开州经历宋元明清时期的几大浩劫，原住民已经很少了，外来移民占有的比重很高，是一个文化高度融合的地区，尤其是川渝地区习俗基本相同，差异不大。

春节是我国盛大的传统节日，过去开州人过春节更习惯叫过年。一年里，最盼望最热闹最喜欢的，莫过于过年，最憧憬也最神圣，规矩大，仪式多。毕一家之所有，集一年之蓄积，奢一节之奢华。

每年一进入腊月，家家户户就忙活开了，浆被洗衣，把穿的盖的拣个大太阳一股脑儿弄出去晒晒。坝屋里外、庭前院后，晾衣竿齐齐整整，还牵起长长短短的铁丝棕绳。红红绿绿很是好看。四处喜气洋洋。

实际上开州地区过年持续的时间很长，是从腊月廿三开始直到正月十五为止。目前城里的春节氛围是一年比一年淡了。对上班一族来说，春节除了是七天大假，可以过几天睡到自然醒的逍遥日子，可以和亲朋好友团聚，再无其他了。而在农村，春节是一年中最最重要的节日，一家老小可能从一个月前就开始忙碌，不仅仅是为一家老小团聚之时的那顿年夜饭，更多的是为了营造节日的气息。

杀年猪。在开州农村，最早表现出过年气息的当然是杀年猪了。在早些年，杀年猪几乎成了春节前家家户户必不可少的一项活动。即使是在这几年猪肉价格一天一个价的大形势下，杀年猪在农村大地上依然是随处可见。开州地区一般在进入农历腊月以后，普通人家就开始杀年猪为过年做准备了（有的人家会更早，在冬月就开始杀年猪）。其一是因为喂猪的饲料多是家里种的红薯，一般人家的红薯在冬月里还没喂完，余下的又卖不了几个钱，自然要等到喂完红薯之后再考虑杀年猪的事情。其二是因为很多人家都有亲人在外地打工，杀年猪对家里来说算是大事，也是喜事，像这样的大事喜事自然要等到在外的亲人回家一起分享。

关于杀猪的细节，在这里就不说了。反正就是除了热闹、喜气之外，还多多少少带有一点血腥。而正是这样的血腥味十足，才预示着来年的生活红红火火，也算是讨个吉利。

在杀年猪的同时，家里人一般还要准备"杀猪饭""庖猪汤"，宴请住得近一些的亲戚朋友及左邻右舍。也就是在杀了年猪后请大家吃一顿，和大家分享一年的丰收和喜悦。请吃"杀猪饭"，喝"庖猪汤"一般就是在杀年猪当天，原料多是出自自家杀的年猪。下锅的肉甚至还有温度，城里人是无论如何也吃不到这么新鲜的猪肉的。可以这么说，在"杀猪饭"上，凡是猪身上有的，都可以吃到。因为杀年猪是喜庆之事，且食材都是自家的，所以主人家也是将这顿饭安排得足够丰盛。大口吃肉、大碗喝酒自不必说，更重要的是食品安全有保障。

开州地区杀年猪的集中时间是过年前的二十天左右，为什么时间不更晚一些？因为在这个时间杀年猪可以保证在过年的时候吃上腊肉。腊肉是开州人家春节期间餐桌上必不可少的，就和北方地区除夕一定要吃饺子一样。从新鲜猪肉到腊肉，一般是将新鲜猪肉晾干水汽，接下来要在猪肉表面抹满盐，放在大缸子里腌7—10天。期间每隔几天还要将缸子里的肉翻面，将缸子底下的翻到上面来，以保证上下的咸淡均匀。腌制之后，要热水洗净，再晾干。接下来就是熏腊肉了。开州人熏腊肉的材料多是选用当地的柏树丫枝。刚从树上剔下来的柏树丫枝放在肉下面，用柏树丫枝不完全燃烧的烟慢慢地熏，经过大约一天的时间，腊肉就好了。开州地区熏制腊肉的关键就在于过程简单、材料易得，几乎是零成本。

杀年猪，吃"杀猪饭"、喝"庖猪汤"，熏腊肉，一步紧接一步，步步都显示出"年来了"的气息，让过年的氛围在除夕之前的一段时间就渐渐地酝酿。可以这么说，春节前的杀年猪、吃"杀猪饭"、喝"庖猪汤"、熏腊肉是开州农村独特的风景，也是开州农村过年中必不可少的一部分。

过小年。几乎中国的所有地方，春节前都会对家里家外做一次彻底的大扫除，以崭新的环境迎接新年，也以整洁的形象欢迎来家拜年、串门的亲朋好友。

在开州农村，年前也有做大扫除的习惯。且农村的大扫除做得比较彻底，也很有地方特色。

做年前大扫除一般是在小年这一天。开州农村有忌"四"的习俗。一般意义上的小年是农历二十三这一天，所谓"扫三不扫四"，也就是说二十四这天不能做大扫除。如果有特殊情况，做大扫除的日期也可以提前或推后。但几乎开州农村所有人的年前大扫除都是安排在腊月二十三这一天的。

开州农村的年前大扫除，最重大的一项工程是"打扬尘"。"打扬尘"就是扫灰尘的意思。"打扬尘"要先从房顶开始做起。因为过去的房子都是土墙盖瓦的，到了做大扫除的时候要用笤帚将房顶瓦上的灰尘也扫干净。然后是房梁，接下来就是擦拭家具器皿上的灰尘，最后才是扫地拖地。因为农村人平时忙于农活，这样彻底的大扫除一年可能只有年前才会有一次。所以"打扬尘"说起来简单，其实真正地做起来确实算是费心劳神的苦差事。

和城里人做大扫除不同的是，农村到了春节前做大扫除的时候，还要将自己的房前屋后也清理一遍。而清理房前屋后的工作，最费事费时的，当属"起阳沟"了。"起阳沟"当然也是地方话。所谓的"起"就是清理的意思，一般指用锄头、铁锹等工具将地上表面的一层刮除。而"阳沟"更是开州方言中很有地方特色的一个名词了。所谓的"阳沟"就是屋檐下的排水沟。开州农村的住房一般都是依山而建，在住房的后面几乎都有"山"，这也是传统意义上的风水宝地的特征，就像龙椅一样，背后有靠的。但这里所说的"山"并不一定有多高。因为开州属于丘陵地形，所谓的"山"只要比自己的房子高出一些即可。

"起阳沟"有两个作用：一是为了清洁美观，二是为了清淤。年前做大扫除，不但要将自己的家里打扫得一尘不染，还要将自己的房前屋后打扮得漂漂亮亮。清淤则是因为这里的房屋都是依山而建的，在夏天下暴雨的时候，很多"山"上的小石子和泥土等被大雨冲刷到"阳沟"里，可能造成堵塞。而年后就是春雨。尽管都说春天是细雨纷飞，但淅淅沥沥地一下就是十天半个月，再小的雨水积少成多也会给"阳沟"的排水带来压力。如果不抓紧在年前清理的话，等到春雨到来的时候，雨水有可能漫过"阳沟"而进屋，造成水漫金山的壮观场面。还有另一个原因就是春节后就该是农忙了，等到农忙就没有时间做这样的事情，所以人们大都选择在小年前后"起阳沟"。

在开州腊月二十三称为小年，这一天做完"打扬尘""起阴沟"的活后，还要过小年。过小年各家各户要送灶王菩萨，灶王菩萨是家中非常重要的神灵，主宰一家的衣食住行。灶王菩萨的供奉神位一般是在厨灶旁边。送灶王菩萨是要放鞭炮的，自此鞭炮不断，标志过年的正式开始。当然这不是除夕，从腊月二十三到年底最后一天要做的事情就是准备过年，例如打扫房间、清洗被褥、添置衣服、洗澡、准备年货等，另外就是团年。

备年货。在开州流传这样一首民谣："二十三过小年，二十四忌诸事，二十五磨豆腐，二十六挂腊肉，二十七杀年鸡，二十八挂年画，二十九去打酒。"在古时候，腊月二十三后，开州人把它称作"忙年"。开州农村备年货除了杀年猪、灌香肠、熏腊肉外，还有同等重要的就是酿甜酒（很多地方叫醪糟）、打豆腐、推汤圆、推红苕粉、打糍粑、蒸粉粑、爆苞谷泡、爆米花、炒红苕干、炒瓜子、买糖果、置新衣新鞋。

团年饭。在开州，过年前有团年的风俗，就是在过年前邀请至亲至戚聚在一起团年，团年不是要等到最后那一天的，因为亲戚多，邻里多，今天到你家团年，明天到他家团年，后天就到我家团年。从腊月廿三起就可以团年了，直到腊月最后那天。开州吃团年饭很有讲究，一般是早上天不亮开始吃，一直吃到太阳出来，预示着越吃越光明，来年越过越红火。开州农村的团年饭，一般是开州十大碗，以头碗为主。十大碗作为开州团年饭的饮食习俗，延续了上千年，取其十全十美的意思，表达了开州人民向往美好生活的愿望。

年夜饭，是农历除夕（每年最后一天）的一餐。除夕这一天对开州人来说是极为重要的。这一天人们准备除旧迎新，一家人团聚在一起。家人的团聚往往令一家之主在精神上得到安慰与满足，老人家眼看儿孙满堂，一家大小共叙天伦，过去的关怀与抚养子女所付出的心血总算没有白费，这是何等的幸福。年轻一辈，可以借此机会向父母的养育之恩表达感激之情。开州年夜饭也是非常有讲究的，尤其是在农村，有几道菜是必不可少的。猪头、猪尾必不可少，预示着一年平平安安，有头有尾；雄鸡是必不可少的，取其"鸡"与"吉"谐音，预示一年吉祥如意；鱼也是必不可少的，取其"鱼"与"余"谐音，预示着年年有余；红糖炒肥肉，取其红糖的颜色，预示着来年红红火火、甜甜蜜蜜。

过除夕。除夕那天各家各户要贴好春联，过去的大户人家要请文人上门书写春联，一般人家是在集市上购买春联，集市上有很多落魄文人在那里书写出售。也有人自己写春联的。对联意思直白通俗，祥瑞吉庆，多取义春回大地、国泰民安、五谷丰登、六畜兴旺，偶尔来点雅的。年画常见的有连年有余、送子添福。门神是道教和民间共同信仰的守卫门户的神灵，旧时人们都将其神像贴于门上，用以驱邪辟鬼，卫家宅，保平安，助功利，降吉祥等，是民间最受人们欢迎的保护神之一。道教因袭这种信仰，将门神纳入神系，加以祀奉。开州门神分为文门神、武门神、祈福门神、捉鬼门神。又有所谓文门神即画着朝服的一般文官像；武门神除秦叔宝、尉迟敬德外，也有并不专指某武官者；祈福门神，即以福、禄、寿星三神像贴于门者。开州门神贴的一般包括钟馗、温、岳（此"温"神或谓晋代之温峤，或谓东岳大帝属下之温将军，"岳"神即指岳飞），双铜秦叔宝、单鞭尉迟恭，以及张飞、关羽等。一切都显得古朴明净悠远。

压岁钱。除夕要守岁，一家人围着火炉话家常，讨压岁钱。后来，春晚成为除夕的一部分。作为一道全国乃至各地的共同文化大餐，年年如此，大家次次不落下。一家人团聚在一起，等待子时新年来临。子时新年来临时肯定鞭炮声大作，放得越响越吉利。守岁中最突出的习俗就是火盆一定要烧得最旺，而且是彻夜不灭，预示来年红红火火。"胡萝卜，蜜蜜甜，看到看到要过年。三十晚，压岁钱，初一上街花得完。正月间，拜新年，总把沟子朝外前。"——这是我小时候在农村向往过年所唱过的童谣。

拜大年。除夕与大年初一是春节的高潮期，初一之前也许家家都还很忙，但是初一、初二、初三这三天再忙的人都要给自己放三天的假，什么活也不会干了，除了必须的下厨房做饭。这几天除了吃就是耍，除了耍就是吃。小孩若要东西，大人一般能予以满足，谁也不愿意弄得不开心，所以小孩最喜欢过年了。人们认为这三天如果还劳作的话，这一年都得辛苦。

初一早上吃汤圆，在开州习惯性地叫吃元宝。七八分糯米、两三分黏米，水磨后用细麻布盛入竹编的箩筐沥干而成汤圆粉，装入瓦坛瓦缸，带坛弦水保着，即食即取。包成鸡蛋大小的汤圆，俗称"元宝"。馅都是自己准备，自家用芝麻、红糖、花生，混在一起搓成"甜馅"；或者用精瘦肉、蒜苗、蛋清等调成肉丸，叫"咸馅"。有时为图彩头，还往里面包硬币，谁吃着，就叫撞大运。

正月里过年走人户访亲戚，是开州多年来的习俗。这个

寄情如薰

225

走人户访亲戚是有讲究的。一般初一就是走自家族人，给族人长辈或同辈中年长的拜年；初二开始走老丈人家，至少在老丈人家住一晚上，孩子们姥姥疼舅舅爱的，欢天喜地；初三后，提着大包小包的礼品，上亲朋好友家拜年，这儿拜年，那边就少不得打发东西，尤其有小孩的话，是要打发小孩东西的。这个就是你来我往。有的人家就会集中请客，在开州古时就叫作"请春客"，就是将自家的亲戚、朋友等请到家里来举办宴会，又是大吃一顿。

春节期间每家都还要安排时间去上坟，相当于是给阴人拜年吧（在开州一年中主要有几段时间要上坟的，一是春节，二是清明，三是七月半）。除了上坟外，还要到寺庙烧香祈福。这样的串门拜年持续到正月十五，正月十五是元宵，家家都要放鞭炮，吃汤圆，晚上点灯到通宵。此时标志着整个春节的结束，人们从节日中回到正常的生活中了。

上九登高。农历正月初九，即上九。上九登高是开州地区独具特色的春节习俗，古已有之，传承至今，经久不衰。据志书记载：人们登高望远，祈福消灾，来年步步高升，事业兴旺发达，登得越高，运气越好。每年春节初九，男男女女一大早就穿着节日的盛装，走出家门，攀登自己心中的高山，期盼当年幸福吉祥。人们从攀登中寻找快乐，从自然中寻找健康与和谐，登高显现出开州区人尊重生命、崇尚运动的观念。

闹元宵。农历正月十五元宵节，又称为"上元节"，是中国汉族传统节日之一，在2000多年前的秦朝就有了。汉文帝时，下令将正月十五定为元宵节。正月是农历的元月，古人称夜为"宵"，所以称正月十五为"元宵节"。正月十五是一年中第一个月圆之夜，也是一元复始、大地回春的夜晚，人们对此加以庆祝，也是庆贺新春的延续。开州也不例外，元宵节和除夕一样浓重，同时也有很多的习俗。

开州流传着一句俗语："三十晚上的火，十五晚上的灯。"于是元宵节这天晚上，家家户户挂上灯笼，系上彩绸，渲染元宵节喜庆景象。后来逐渐发展成灯会，在灯会中安排各种各样的文娱节目，如观灯（政府将家家户户制作的花灯，集中起来观赏），到了唐代，灯市规模越来越大，燃灯数量空前，花灯花样繁多，还有的做出巨型的屋，金光璀璨，极为壮观。同时在灯会中设置猜灯谜、对对联等。

正月十五吃元宵，元宵作为食品，在我国也由来已久。宋代，民间即流行一种元宵节吃的新奇食品。这种食品，最早叫"浮元子"，后称"元宵"，生意人还美其名曰"元宝"。元宵即"汤圆"，以白糖、玫瑰、芝麻、豆沙、黄桂、核桃仁、果仁、枣泥等为馅，用糯米粉包成圆形，可荤可素，风味各异。可汤煮、油炸、蒸食，有团圆美满之意。开州的元宵，就是初一早上吃的汤圆，在春节的最后一天吃汤圆，预示着一年热热火火，团团圆圆。

娱乐风俗。开州地区农村过年娱乐风俗很丰富。春节期间，三三两两赶场闹集，看玩龙（玩龙灯）、耍狮（玩狮子）、逗幺妹（车车灯）、唱花灯、莲花闹、扮关公唱大戏、踩高跷、打连厢，祭祖奠宗，拜神祀天，放鞭炮。在农村也有对歌（山歌号子）、对骂的习俗。春节这几天，更是孩子们娱乐的天堂。父母惯恃，长辈宠溺。大人们大度大量，不大加以管束。孩子们放敞了，自由自在，嘻哈打笑，逗猫惹草，翻墙揭瓦，点炮仗燃放烟花。聚精会神做各种游戏，如过家家、战国、玩弹枪、弹弹子……有板有眼有模有样，个个乐在其中。

在众多的娱乐中，最具开州原住民味道的当数舞狮、逗幺妹（车车灯，源于崎岖山路中不富裕人家）、打连厢（源于巴人的前歌后舞）、穿山号子（源于在北部山区大森林中劳作的人民）和抬工号子（源于农耕时代修桥造物垦田的劳动场景）。在川剧中，竹琴是最具地方特色的川剧小剧种。另外就是"莲花闹"，莲花闹是由宋代行乞者在街头"敲牛骨打砖"的即兴演唱发展嬗变而来，在开州流传了很多年，明代《天一阁·夔州府志》中就有关于开州莲花闹的记载。20世纪80年代，莲花闹在开州还存在，每到年关或春节，就有人拿着简单的道具竹快板，一般二胡，走村串户，说唱吉利话，讨要红包喜钱。比如："莲花闹，两块牌子这边走到那边来。生意兴隆通四海，恭喜老板大发财。多做好事能消灾，四季财源滚滚来……"老板一高兴就给赏钱。

在开州农村最大的娱乐活动当数打川牌（纸叶子）、玩骨牌，过去一个院子几十户人家，家家户户的大人都围在院坝中玩，最壮观的时候达十几桌，甚至更多。

开州，在过去的数千年中那种浓浓的年味，让人感叹。过年了，孩童有压岁钱拿，有新衣服穿，有肉吃满足口福，有亲戚走享受万千宠爱，有鞭炮放，有热闹看，尽释顽皮天性……一家人和和美美团聚一堂是最盼，舞狮舞龙忘却一年的艰辛，唱民歌听戏曲寄托对来年的祝福，走亲戚串门子，让亲情、友情、爱情浓缩在年味中……传统的年文化在封闭落后的环境中显得魅力四射。

如今年味淡了，并非传统的年文化消失了，而是传统的年文化在现代文明、现代文化的冲击下显得有些苍白了。人们不再需要为一顿稀少而丰盛的年夜饭而期待，不再为过年的一件新衣服而认为是喜从天降，不再觉得看那唱腔呆板、题材陈旧、情节缓慢的地方戏是一种文化享受。为了生活，亲人聚少离多已经成为无奈；单元化的城市生活，阻碍了人与人的亲切沟通。成天的作业、麻将、扑克、网络游戏、电视、一日三餐，千篇一律的春节生活，让大人小孩发出了这样的感慨：过好新年的每一天，天天如是过大年。

# 逍遥开州

## ——开州夏季旅游推介词

庄严肃穆的刘伯承同志故居，气势恢宏的刘伯承同志纪念馆，葱茏葳蕤的雪宝山，轻柔热烈的三江水，微波荡漾的汉丰湖，鳞次栉比的滨湖新城，金黄荡漾的三里乡野……共同勾勒出这座城市最美的轮廓。

这是一个赓续文脉的人文之城；

这是一个英雄辈出的革命之城；

这是一个水城共融的滨湖之城；

这是一个绿树环绕的森林之城；

这是一个和谐舒适的宜居之城；

这是一个秩序井然的智慧之城；

这是一个充满活力的未来之城。

自然的造化，历史的沉淀，时代的擘画，孕育了三峡最美滨湖城市——开州。

今天，大手笔建设中的现代化开州不断显山露水，一幅欣欣向荣的曼妙画卷在新时代新征程中徐徐铺展。

昨天的历史就是今天的财富，今天的故事就是明天的历史。回首那些发生在20世纪的沧桑历史和红色风云，我们总是感慨万千，让我们身临其境地体会一下红色遗迹和风云人物在人们心目中意味着的那种特殊的精神和文化。

"文韬武略荡天下，儒雅风范照河山。"这是对刘伯承元帅的真实写照。

历史悠久、钟灵毓秀的开州孕育了一代军神——刘伯承元帅，他是开州人民的骄傲，也是全国人民的骄傲。以刘伯承元帅为代表的开州革命志士，抛头颅洒热血，为共和国立下了不朽功勋。他们是开州千年文脉承续的荣光，也是前行路上的灯塔。

从庄严肃穆的刘伯承同志故居，到怀珍纳秀的开州博物馆、精神永驻的军神广场，再到气势恢宏的刘伯承同志纪念馆、古朴沧桑的开州故城，去感受巴人拓疆的霸气、诗和长安的盛事、公车上书的担当、川盐济楚的高节、红岩英烈的刚强、刘伯承元帅仗剑出川的豪迈。

累了吧？坐下来，叫一碗"老亲娘"包面，泡上一壶"春橙花茶"，或是找一小店，在开州汉绣、油纸扇、水竹凉席中挑选自己喜爱的产品，装进自己的行囊。尔后找一家餐厅，品尝十全十美的"开州十大碗"。酒足饭饱后，住进"重庆最美旅游民宿——善贷农庄"，细细品味"红色周都·刘帅故里"的传奇。

再来到蓝色锦缎般的汉丰湖。

"山可以无栈道，水可以无三峡。"这是清代名士罗珍对开州山水的描绘。"湖在城中，城在山中，人在山水中。"这是汉丰湖市级旅游度假区的现实写照，漫步湖光潋滟的汉丰湖畔，百鸟云集的观鸟台，集古聚今的风雨长廊，儒学圣地开州举子园，巍然屹立的文峰塔，四季秀丽的滨湖公园，激情荡漾的水上俱乐部，无不让人感受诗意汉丰湖的美丽画卷。

坐上画舫，泛舟湖上，品一杯千年"龙珠"，尝一块甘甜可口的开州冰薄、香酥绵筋的毛毛牛肉、香辣清爽的紫水豆干……饱览湖光山色。华灯初上，选购一袋"开州非遗薄礼"入住金科、御金洲、倦鸟民宿等精品酒店，感受汉丰湖浪漫璀璨的夜景。

然后，去到那绿浪翻滚的雪宝山。

"看日出云海、品巴渠香茗、走悬崖天路、听满月山歌、享森林氧吧。"这就是千山叠翠、万壑争流的雪宝山森林公园给我们的感受。连绵起伏的高山草甸，苍山如黛的龙头嘴森林公园，清凉幽静的马扎营景区，静谧和谐的关面康养小镇，清新秀雅的巴渠生态茶园、中国历史文化名镇温泉古镇。一路行进，一路欢心，繁忙人生，按下一刻暂停。挑选满月山货，入住"星空遥辰"民宿，仰望满天星光，尽情享受大巴山的宁静与清凉。

最后，去体验那金灿灿的和美田园。

田园像一幅画，似一首诗，如一首歌，开州的田园美得让你乐不思蜀！蔬果齐香的竹溪生态乐园，花舞大地的七彩仁和，花果同树的长沙橘海，姹紫嫣红的毛城桃花岛，趣味无穷的童话森林王国，鸟语花香的盛山植物园，总有一处是您的心恋之地。

摘一个香甜可口的开县春橙，掰一块沁人心脾的南门红糖，预定一笼包罗万象的开州大混蒸。遇见·云上民宿、体味紫海云天，让乡情、乡韵、乡愁在金色的晨曦中尽情绽放。

红色经典、蓝色欢畅、绿色康养、金色梦想，四条精品线路伴随"浪漫开州花满城、逍遥开州乐满城、水韵开州香满城、年味开州情满城"四季旅游活动，来开州：春可赏花、夏可避暑、秋可摘果、冬可赏雪。

朋友们，清浅时光、且歌且行，一路风景、乐至心开。"帅乡帅湖，开心开州！"笑迎四方宾朋，欢迎您的到来。

# 盛山植物园记

　　盛山之西，诸峰矗立，缥缈云雾宿千姿，绵延百里，龙翔凤舞，浩荡清气润百态，巍然九龙山也。两河环绕润泽，龙脉承袭，盘踞一地，张君情怀大壮，筑盛山植物园，次第建造，精细点缀，全新画卷，初具规模，海纳百川，生机盎然。余乘闲暇游此，遂作文以记之。

　　盛山植物园之秀，秀在自然。以水为魂，融绿为体，以山为魄，气概高迈，景与山水同兴，人与自然和谐。四时园景，各有不同，草茂林密，鸟鸣燕翔。或静雅幽美，精致端庄；或喧嚣嬉闹，气势排空；或晨光溢园，风情妖娆；或晚霞映彩，色泽氤氲。春晓玫瑰花艳，画中有诗；夏午蝉蛙唱和，诗中有画。秋晚海棠依旧，动中有静；冬夜红枫轻舞，静中有动。百种植物，铺就千幅图画；八方花信，洒出万般风情。历数园中气象，且看古今诗行。

　　盛山植物园之美，美在魅力。春入盛山，则百花萌动、嫩叶翠色，布绿草之萋萋，抒悦豫之情畅；夏入盛山，则百花齐放、苍翠如海，结朱实之离离，抒郁陶之心凝；秋入盛山，则层林尽染、明镜如妆，舒丹气而为霞，抒阴沉之志远；冬入盛山，则暗香疏影、傲霜挺立，迎隆冬而不凋，抒矜肃之虑深。思源井，滴水报以涌泉至；襄福亭，静赏落霞纤姿态；玫瑰谷，风雨连廊醉红尘；感恩崖，放歌峭壁揽烟雨；静心阁，骚客雅士吟苍松；情人石，聆听溪声传呢语；九龙瀑，荡气回肠引乡愁；励志石，酣畅淋漓抒豪迈……可谓岁有其物、物有其容。

盛山植物园之灵，灵在人文。南河荡漾，半江绿水半江史；桃溪萦绕，一河锦绣一河诗。水挟远古沧桑，山染历史风尘。天然景观，山清水秀映人杰；物种丰富，天然基因润地灵。茅舍野素，怀旧守土情结；民俗浓郁，传承文脉遗产。三升居群，耕读传家村落；镇安古渠，自然山水情怀；观音圣殿，渡众生于迷津；八仙传说，历经千年风霜。江里民歌，一唱百和雄浑；七贤烤羊，十里香飘美鲜；桂花美酒，水洌味甘情浓。玫瑰节、桂花节、紫薇节，聚人气、赏花事、消烦恼，放飞心绪归自然；中秋节、年猪节、元宵节，聚宗亲、祈丰收、祝好运，文化回归秉传统。

盛山植物园之动，动在生机。至若春和景明，登盛山植物园，清风徐来、丰蔚所盛，伸手可揽百花，极目可望四野，群山妩媚，稻田如塑；若俯瞰南河湫水，至远蜿蜒而出，水面晶莹如带，河滩碧绿似毡。若至植物园内，草茂林密，奇花盛开，鸟鸣燕翔，蜂来蝶往，风光无限、妙不可言。

噫嘻乎！盛山有形，乃自然之造化；园囿有韵，存人类之脾性。三里休闲佳境，开州度假胜地，赞曰：

秀隽俊豪盛迹藏，美枞灵脉山胜凰。

滴珠润泽植物长，动静相宜园跌宕。

# 索"史"溯"源"铸精神

## ——《人文开州》系列丛书总序

　　如今的开州，城市是一座全新的移民新城，乡村是一片全新的美丽乡村，随处可见的是高楼大厦、洋房别墅、车水马龙。直观感受与外界大同小异，很难觅寻到其独特的文化内涵和浓厚的人文气息。

　　而一个城市的内涵及其独特多半还得看其历史文化和人文精神。正是这些人文历史铸就了一座城市灵动的魂魄和流通的血脉，时时见诸于这座城市的山水形胜、城镇风貌、建筑格调、生产习俗、生活韵味、禀赋品性等，强大的历史穿透力、文明渗透力、艺术感染力、民族凝聚力，乃是这座城市独特性的决定基因和内在源泉。

　　经常听到我们地域文化学者讲："开州历史悠久、文化深邃、底蕴深厚、人文锦绣……"但也常常见到好些人不以为然。然不以为然者，是因为其不了解开州的人文历史。其实，在我看来，开州就是一本厚重的大书。翻开其三千五百余年的文明史、一千八百余年的建制史，汉丰、盛山、开州，韦处厚、柳公绰、唐次，汪瀚、李宗羲、刘伯承，这些和脚下土地水乳交融的名字在历史的长河中依然闪耀。巴文化重要承载地、秦巴古道重镇、刘伯承故居、三峡最美滨湖城市、帅乡帅湖、开心开州……都镌刻在历史的年轮和文化的根脉里。于是，我们发现了这座城市生命的深邃和精神的瑰玮。当我们对这片土地上特有的人文历史进行梳理和研究，对其山脉、水脉、城脉有足够清晰的认识时，才可能寻绎出她的人脉、文脉、史脉，方可明白这片土地上究竟呈现着一幅怎样的独特人文图景！

无疑，开州的人文特征在整体和本质上自然与中国传统文化的人文精神保持着高度的同一性。从文化地理学的视角观察，在区域环境的土壤中，自然环境给人文环境提供了承载空间，政治环境主导人文历史的社会特征，生产生活环境决定人文精神发展变化的物质基础，文化因子丰富了人文精神的多元差异。纵览开州几千年的历史，正可寻绎开州人文精神之孕育、发展和演变。

基于以上考量，在我区文化和旅游融合发展中如何增强我们的文化自信、提高文化自觉、推动文化自强？"传承发展！"这是最终且唯一的答案，于是有了动议编撰多卷本的《人文开州》系列丛书的计划。要做好这一系统工程，首要的工作便是探求开州人文精神的丰富内涵。编撰者应领会中

寄情如薰

**237**

国传统人文精神之要义，顺乎新时代潮流之趋向，辨识区域文化之特质，再现开州人文精髓。包含拓疆立业的开创力量、包容通达的开放胸襟、敢为人先的开拓精神；豁达豪迈的人生境界、刚骨烈性的坚韧品格、忠孝仁义的高尚人格、宽厚向善的仁爱情怀、铸魂聚力的价值追求。丛书的编撰还应注重取材的文化性、表述的鲜明性、分析的穿透性、观念的引导性。

《人文开州》系列丛书的编撰是一项具有一定开创之功的艰苦探求，对开州人文亮点的深入发掘、对开州历史文化的重新发现和再度审视，让所有看到这套丛书的人内心充满欣喜：倾听远古人类雄浑的跫音，慨叹绵延不绝的文明流韵，赓续千年不辍的穿山号子，缅念前赴后继的前贤名宦，激起后人对开州这片沃土的热爱和眷恋。这便是撰著《人文开州》的初衷：让生活在开州的人们知道，我们的先人曾经做过什么，做成了什么，给我们留下了什么，我们应该铭记和珍视什么。

经历史的淘洗，开州历史人文为我们古老而年轻的城市增添了富有魅力的一道道人文风景，值得我们珍视和铭记。面临新时代，我们应该牢记新的使命，作为《人文开州》的编撰者并非是一味地陶醉其中，而是想要唤起文化觉醒，凭借历史所赐予的开州文化底气，携文化自信以肩负起"以文化人"的使命，践行社会主义核心价值观，成为"十九大精神"在开州生根开花的具体实践成果。这也正是开州文化人在时代脉动中应始终坚守的人文精神内核，贯穿于实现中华民族伟大复兴的中国梦和建设美丽富饶新开州的共同追求之中。

《人文开州》系列丛书的编撰面世，在于让文化共识内嵌于丰富的人性深处，让良善德行渗透于繁浮生活内部，让精神光辉照亮于锦绣的前行之路。循此而进，我们完全有理由相信，《人文开州》这套书能给这座怀抱梦想的移民新城一种内生力量，必将在创新的大潮中实现文化回归，增添更为真实的人文温度，促进文化和旅游的深度融合。

# 后　记

　　蓝蓝的天空、悠悠的白云、弯弯的月亮；静静的山村、青青竹林、潺潺的小溪、窄窄的小桥、蜿蜒的石板路、暮归的黄牛；炫彩的朝阳、醉人的晚霞、横空的彩虹；平静的湖面、古寺的梵音、茂密的公园、高耸的石塔、繁华的街道、摩登的高楼；诗人的吟咏、伟人的足迹、英雄的正气；榨坊的喷喷芳香，田间的嘎嘎水车，砖窑的熊熊烈火，新年的啪啪鞭炮……这就是我故乡诗意的轮廓。

　　"谁家玉笛暗飞声，散入春风满洛城。此夜曲中闻折柳，何人不起故园情。"然而，在我心里，故乡就是那醇香甘洌的老陈酒，瑶池玉液，历久弥香；故乡就是那一杯色泽银绿的千年龙珠茶，滋味鲜爽，唇齿留香；故乡就是儿时那一本扣人心弦的小人书，精彩纷呈，百看不厌。

　　故乡，故乡究竟是什么？故乡是你儿时的一个梦，故乡是你在成长过程中的一块基石，故乡是一张用心拍下的炫彩照片。有一首歌这样唱道："走遍天下的路，最美的还是故乡，喝遍天下的水，最甜的还是故乡。"有人曾经说过："心之所至，即为故乡。"这也许就是对故乡情结的最好诠释吧。在我看来，爱自己的故乡是不需要借口的，更不需要理由，因为它是生我养我的地方，是我永远的根、永远的魂。

这个生我养我的地方，一待就是几十年，见证着我们的快乐，记录着我们的成长，有失望，有叹息，更有坚持。没有"江上春风留客舟，无穷归思满东流。与君尽日闲临水，贪看飞花忘却愁"的愁绪，却多了"但使主人能醉客，不知何处是他乡"的真切感受。

在无数个漫漫长夜里，无论是寒星还是明月，笔下的一切都是那么有味道、那么的温暖：低吟的汉丰、如歌的盛山、醉美的三江三里、迷人的花盐井、神秘的雪宝山、禅意五宝山、奇景凤山、记忆啸洞子；初春的月潭公园、仲春的十里竹溪、盛夏的汉丰湖、秋日的湿地彩林、隆冬的雪宝山；还有爷爷长长竹烟袋里的袅袅烟雾，还有父亲嘴里一串串的童话，还有妈妈手底下浓浓的年味……

一路走来，山依旧青翠，水依旧清澈，阳光依然明媚。一路走来，故乡依旧是我情感的圣地，心灵的家园，灵魂的依附。即使没有看到青山吐翠，即使无法听到溪水潺潺，即使没有嗅到荷花的清香……只要偶尔翻看过去的文章，那随风缓缓的白云、那充满诗情画意的青山、那清澈见底的湖水，还有那醇厚朴实的乡亲……就构成了一幅优美的水墨风景画。

花一直在开，不管开得是否明艳，或者芳香，实是悄然绽放、无意张扬，却也未曾断过。对故乡的热爱，一直没有削减，对故乡的歌颂，一直在持续，无论是值得珍藏的瞬间，无论是需要传播的美景，也无论是可以传承的历史，我都愿意不遗余力地去为故乡做点什么，我愿意用我的笔去让我的故乡像花一样绽放，把最绚丽的花朵无私地奉献给读者，把无尽的芳香留给游客！

我本来对结集出版个人散文集没有急切的期盼，今年春节，有个文友告诉我，这几年读过、听过我很多的散文，尤其是写开州的散文，给他留下了深刻的印象。他告诉我，在我的笔下：开州是一曲悠扬的清笛，总是让人魂牵梦绕；开州是一抹皎皎的月光，总是让人心动不已；开州就是一首歌，总是让人如痴如醉；开州就是一首诗，总是让人浮想联翩。其实，开州在我心里就是曲中最美妙的、月光中最迷人的、记忆中最鲜活的，似画不是画，似梦又非梦，人似在画中。

一山一水，一草一木，一人一物都早已融入我的生命里，这一份根植于骨子深处的故土情结，总是催促着我，要为它做点什么。也许就是这个潜意识的意念，让我终于没能经受起友人的蛊惑，萌生了选择写故乡景物的部分散文结集出版。

王永威

癸卯年初春于竹影轩